다친 달팽이를
보게 되거든

다친 달팽이를 보게 되거든

1판 1쇄 발행 2024년 11월 15일

지은이   최숙희
발행인   이선우
발행처   도서출판 선우미디어
           등록 | 1997. 8. 7 제305-2014-000020
           02643 서울시 동대문구 장한로 12길 40, 101동 203호
           ☎ 2272-3351, 3352 팩스: 2272-5540
           sunwoome@daum.net   greenessay20@naver.com
           Printed in Korea ⓒ 2024. 최숙희

값 15,000원

ISBN 978-89-5658-781-3 03810

다친 달팽이를 보게 되거든

최숙희 수필집

선우미디어 sunwoomedia

미더운 글이 주는 즐거움

이정아
수필가, 전 재미수필문학가협회 회장

　　교회도서실에서 만난 젊은 교인이 반가워하며 묻는다. "신문에서 뵌듯한데 땡땡무늬 옷 그분이 아니냐?" '맞다' 했더니 심심한 이민 생활에 재미있는 읽을거리를 줘서 감사하다며 팬이라고 한다.

　　교회 옮긴 지 얼마 안 되고 그녀 가족도 같은 시기에 교회를 다니기 시작하여 낯선 환경에서 서로 어울리며 친해졌다. 뒤에 알아보니 대학 후배이기도 했다. 내 남편과 그녀의 남편은 함께 성가대로 봉사하기도 하고, 지금은 탁구동호회에서 자주 만나는 사이, 영문학 전공의 그녀에게 글쓰기를 권하였고 후배는 나처럼 수필을 공부하는 이가 되었다. 매주 교회도서실에서 만나 독후감도 나누고 책도 돌려 읽었다. 글 연습을 하여 먼저 〈재미수필〉에서 신인상을 받으며 로컬에서 등단하였고, 7년 후 한국의 〈그린에세이〉로 등단하는 과정을 지켜보았다. 서둘지 않고 내공을 쌓아가며 마침내 문학의 길에서 도반이 되었다.

　　세상이 바뀌어 물질적인 것들이 주류로 군림하게 되면서 문학은

점차 주변부로 밀려나 버렸다. 사회의 고령화 현상으로 특히 수필은 은퇴자들의 놀이 정도로 전락하였다는 느낌을 지울 수가 없다. 그러다 보니 요즘 수필잡지에 발표되는 글들에서 절실함이 많이 부족해 보인다. 그런 정도의 글로 글 연습도 없이 단시간에 이름이 나고 싶어 안절부절못하는 이도 있고, 이리저리 장르를 바꾸며 불안한 글쓰기를 하는 이들이 많은 세태가 되었다.

안개 속 같은 문학의 길에 자진하여 들어선 우리에게 서로 질문해 본다. "이 길을 가야만 하는가. 이 길을 계속 가려는가? 그냥 가려는가, 아니면 흔적을 남길 한 발을 딛으려는가?" 격려인지 단속인지 질문을 끊임없이 던진다. 그러나 보이지 않는 이 길이 물질보다 훨씬 우위의 길이기에 가고 또 가려는 것이 아닐까.

이 길도 운동선수처럼 매일 연습해야 하는 길이고 결코 쉽지 않은 길이란 걸 알았다. 공부할수록 더 어려운 길이 되었다. 수필의 길, 수도(隧道)는 도량에서의 수도(修道)와 다르지 않다는 말을 실감한다.

최숙희 수필가의 초창기 작품부터 모두 읽었기에 그의 작품이 어떻게 발전해왔는지 옆에서 지켜보았다. 수필 한 장르만 붙들고 진지하게 고뇌하는 그의 글이 좋을 수밖에 없는 건 자명한 일이다.

문학 전공으로 기초를 다진 단단하고 미더운 문장, 삶을 생동감 있게 조미한 그의 작품집을 즐거운 마음으로 추천한다. 심신이 건강한 수필가의 첫 책을 함께 기뻐하며.

책을 묶으며

아이를 오케스트라에 데려다주러 교회에 갔다. 신문칼럼으로 낯익은 땡땡이 블라우스의 이정아 선생님을 운명처럼 만났다. 평소 선생님의 글을 좋아하던 차에 친해지고 싶었다. 교회에 바로 등록했다. 영문도 모르고 들어간 영문과 졸업생이지만 내 마음속 깊이 문학에의 미련이 있었나 보다. 전공을 살려보라는 선생님의 권유로 〈재미수필〉을 통해 글쓰기를 시작하고 차근차근 수필을 공부하게 되었다. 15년 전의 일이다.

글쓰기는 내가 낯선 땅에 정착하며 상처받은 마음을 위로한다. 마음 깊은 곳에서 들리는 소리에 귀 기울이고 사물을 건성으로 보지 않고 의미를 발견하려 노력했다. 세상을 좀 더 크게 넓게 보는 여유를 배웠다. 힘들어도 희망을 버리지 말고 깨어있으라 재촉한다. 미국 생활 27년, 아직도 낯설고 어설프기만 하다. 이곳의 일상이 때로는 우울하고, 멀리 사는 부모 형제를 그리워하는 날들도 있지만 내 곁에는 글쓰기라는 친구가 있어 든든하다.

평범한 보통 사람인 내 글에는 어려운 단어도 현란한 표현도 없다. 한글을 읽을 수 있다면 누구나 읽을 수 있는 글이다. 그동안 신문과 잡지에 발표한 칼럼과 산문을 모아 보았다. 처음이자 마지막이 될지도 모르는 책을 엮으며 그간 쓴 글을 읽어 보니 감회가 새롭다.

옆에서 말없이 응원해준 남편과 아이들, 누구보다 기뻐하실 친정 어머니께 이 책을 바친다. 축하의 글을 써주신 이정아 수필가님과 부족한 글을 예쁘게 묶어준 선우미디어에 진심으로 감사드린다.

2024년 가을이 시작되는 날
South Bay에서 최숙희

차례

2부 엄마의 오래된 인연

3부 이사하며 다시 찾은 남편

4부 오늘도 꿈꾸고 도전한다

1
*
5

달러 때문에

버리고 나니 행복감이 생겼다

시작은 식탁이었다. 식탁이 도착할 터이니 자리 마련해 놓으라는 갑작스러운 엄마의 전화를 받았다. 팔순이 내일모레인 친정엄마가 이제 살림을 줄여야겠다고 건조한 목소리로 말씀하셨다. 아끼려고 천으로 덮어만 두었던 것이라 운송료가 들어도 미국의 나에게 부치시겠단다. 나도 이민 초기 마련한 작은 식탁에서 주로 밥을 먹기에, 자리 마련을 위해 없애야 할 우리 집 손님맞이용 식탁은 햇수만 오래되었지 거의 새것이다. 구세군에 연락하여 가져가라 할까 하다가 식탁 운송료로 1,600불이나 들었다는 말을 듣고 팔아볼 생각을 했다. 미시 USA 사이트에 사진을 올렸더니 바로 문자가 오고 금세 팔렸다. 인터넷의 힘이 놀랍다.

내친김에 집안 정리 좀 해 볼까 생각이 들었다. 쿠쿠 압력밥솥은 사용감이 커 연락이나 올까 싶었는데 제일 먼저 팔렸다. '밥해보니 잘 되네요. 잘 쓰겠습니다.' 문자까지 받으니 마음이 따스해진다.

일터에서 갓 지은 밥을 남편에게 해주고 싶다는 사십 대 아줌마는 마음씨도 곱더니 인사성도 바르다. 밥솥값 50달러를 하얀 봉투에 넣어온 것도 좋은 인상을 남겼다. 딸아이가 사놓고 직장 때문에 뉴욕으로 가서 개봉도 안 한 각종 허브가 들은 양념 세트는 마침 이탈리아 요리를 배우기 시작했다는 내 또래의 주부가 가져갔다. 새로 무엇을 시작하기에 오십이라는 나이가 늦었다고 생각한 내가 부끄러웠다.

예상외로 수입이 쏠쏠해진다. 분명 이유가 있어서 샀던 많은 물품이 먼지를 뒤집어쓴 채 죽은 듯이 모셔져 있다. 가족의 건강을 챙긴다며 구입했던 제빵기, 주스기기, 콩 사랑 두유기도 안 쓴 지 오래다. 교자상, 벽시계, 신고 걷기만 해도 살이 빠진다는 특수 운동화, 보온병, 사다리 의자 등 많은 것들이 새 주인을 만났다. 가격 흥정이 들어오면 흔쾌히 응하니 거래가 쉽게 이루어진다. 사진을 컴퓨터에 올리기 전에 비슷한 품목을 찾아보고 가격을 약간 싸게 올리니 연락이 많이 온다. 가격만 따지면 손해를 보는 것인데 돈을 버는 기분이 드니 우습다. 당장 안 쓰는 물건을 집에서 모두 없애야 하는 강박증이 생겼는지 형사 콜롬보처럼 집 안 구석구석을 살핀다. 웹사이트에 어떤 새로운 물건이 올라왔나를 체크하고, 이건 가격책정이 적절치 않아, 저건 사진이 틀렸어, 하며 나름의 비평도 한다. 나무 재질의 서류정리함이 공짜로 따라온 책상을 20불에 구입하여 글 쓰는 방을 꾸미기도 하였다.

재미를 붙여가던 나의 인터넷비즈니스는 망원경을 사 갔던 젊은 아기엄마의 환불 요구로 끝났다. 박스째 새것이고 그녀의 세 살배기 아들이 생일 선물로 망원경을 원하니 '딱'이라며 호들갑을 떨었다. 초점이 맞아야 한다고 한참 동안 요리조리 살펴본 후 좋다고 가져가더니, 다음날 연락이 왔다. 남편이 류현진 야구 보러 갈 때 써야겠는데 성능이 나쁘다며 환불해 달란다. 환불 안 해주면 불만 사항을 웹사이트에 올리겠다나. 아이 장난감이라더니, 미안하다 소리 한 번 안 하고 어린아이 떼쓰듯 자기 말만 하는데 반박도 못 했다. 악플 운운하며 위협까지 하는 이기심에 질려서 돈을 돌려주었다. 세상에 가지가지의 사람이 있다지만, 어이가 없었다. 망원경을 포함하여 안 팔린 물건들은 구세군에 갖다주고 오랜만에 거라지 물청소를 마치니 개운하다.

물자 흔한 미국에 와서 환불이 쉽다는 핑계로 사들이기만 하며 살아왔다. 부엌 팬트리의 문을 열어보니, 군데군데가 휑하니 비어 있다. 물건이 꽉 차서 무엇을 찾으려면 시간이 꽤 걸렸는데, 필요한 물품이 가지런히 정리된 모습을 보니 기분이 상쾌하다.

부부 공동 취미로 등산을 시작했다. 행복을 위해 많은 물질이 필요하지 않음을 산에 오르며 깨닫는다. 가볍게 배낭을 꾸려야 산행도 편하다. 정상에 오른다는 일념에 몸은 힘드나 머릿속은 텅 빈다. 일상의 근심, 욕심, 시기심이 끼어들 여지가 없다. 얼굴에 흐른 땀이 소금 결정체가 되어 서걱거려도 상관없다. 땀에 젖고 모자에 눌려 착 달라붙어서 볼품없는 머리카락을 누가 본들 대수랴. 몇백 년은 족히 되었을 나뭇등걸에 앉아 차가워진 밥을 더운물에 말아 두세

가지 반찬에 먹는 밥맛이 꿀맛이다. 건강에 해롭다며 평소 삼가는 인스턴트 봉지 커피의 달달한 맛도 호사스럽다. 배낭에 기대어 짧은 오수를 즐기기도 한다. 최소한의 물질을 가지고 자연과 더불어 사는 삶이 주는 귀하고 값진 시간이다.

　나무는 꽃을 버려야 열매를 얻고, 강물은 강을 버려야 바다에 이른다지. 물질에 끌려다니지 않는 단순한 삶이 주는 순수한 행복을 오래 느끼며 살고 싶다. 그러나 산에서 내려오면 언제 그랬냐는 듯이 머릿속은 다시 부질없는 걱정과 집착으로 꽉 찬다. 매일 산으로 갈 수도 없고, 나의 한계이다.

(미주 중앙일보 〈이 아침에〉 2016. 10. 26.)

산행에서 마주친 소녀

밤사이 내린 비로 나뭇가지마다 매달린 빗방울들이 보석처럼 빛난다. 아름드리나무들이 울창한 숲속에 지그재그로 나 있는 트레일을 걷는다.

산에 오를 때 주위에 펼쳐지는 풍광이 좋다. 아득히 멀리 보이는 산봉우리 위로 한 줄기 구름이 한가롭게 걸려있다. 벼락 맞아 검게 탄 고목이 하늘을 향해 꼿꼿이 서 있다. 바위틈에 수줍게 피어난 야생화와 부지런히 먹이를 찾아다니는 다람쥐와 도마뱀도 정겹다.

일상의 번잡함으로 뒤숭숭하던 머릿속도 나무의 숨결을 느끼며 걷다 보면, 아무 일도 아니니 안심하라는 자연의 소리가 들리는 듯하다. 평화롭고 아름다운 산의 자태는 안식과 치유를 준다. 이른 새벽 포근한 이불의 유혹을 뿌리치고 산에 오기 잘했다. 인적 드문 깊은 산속을 천천히 걷다 보면 자연과 미묘한 소통을 하게 되며 깊숙한 나의 내면을 들여다볼 수 있다. 자기 성찰의 시간이다. 평생

목발을 짚고 살았던 영문학자 장영희 교수의 '남보다 느리게 걷기에 더 많은 아름다운 것들을 볼 수 있었다.'는 고백은 발걸음이 남보다 느린 나를 위로하곤 했다. 오늘도 일행과 떨어져 혼자 천천히 걷는 중이었다.

정상을 향해 올라가던 나는 큰 바위를 사이에 두고 내려오던 그녀와 마주쳤다. 바위가 가려서 그녀의 상체만 볼 수 있었다. 10대 후반으로 보이는 그녀는 붉은 갈색 머리를 포니테일로 묶고 민소매 티셔츠를 입고 있었다. 운동으로 다져진 근육질의 팔이 날씬하고 보기 좋았다. 같이 온 남자 친구와 까르르 웃으며 바위 뒤에서 뭔가 얘기를 하며 떠들고 있었다. 나를 포함하여 내 뒤에 오는 이들이 한동안 기다려야 했다. "연애는 하산해서 하지, 요즘 젊은 애들은 자기만 알고 남에 대한 배려가 전혀 없어." 하면서 괘씸해 하던 중 바위 앞으로 불쑥 내딛는 그녀의 의족을 보았다. 짧은 바지를 입어 무릎부터 검정색의 의족이 고스란히 드러난다. 그런 그녀를 보는 순간 나는 심장이 덜컹 내려앉았다. 어린 나이에 받아들이기 힘든 장애를 갖고도 그늘이 전혀 보이지 않는 밝은 얼굴과 쾌활한 목소리를 낼 수 있는 그녀가 놀랍다. 의족을 하고 험준한 산을 하이킹하며 온몸으로 긍정의 힘을 보여준다.

몇 년 전 보스턴 마라톤 폭탄 테러로 다리 하나를 잃은 무용수 에이드리언이 의족을 착용하고 춤추는 영상에 나왔던 바로 그 의족이다. 매사추세츠공과대학의 휴 헤르(Hugh Herr) 교수가 만든 생체공학 의족, 일명 스마트 로봇 의족이다. 헤르 교수 자신도 1980년대

등반 사고로 두 다리를 절단해야 했으나 포기하지 않고 의족의 도움으로 암벽등반가가 된 동시에 전공도 물리학을 택했고 현재는 MIT 미디어랩 생체공학 전문가가 되었다고 한다. 장애를 극복했을 뿐만 아니라 장애 덕분에 인공 팔과 다리를 연구하여 인류에 많은 도움을 주게 되었으니 감동이다.

'의족'으로 인터넷을 검색해 보니 보스턴 마라톤 테러 피해자 두 명이 의족 마라토너가 되어 마라톤 완주자가 된 기사가 뜬다. "테러와 폭탄은 우리를 꺾을 수 없어요. 우리는 계속 나아가고, 완주합니다!"라는 오바마의 트윗도 가슴 뭉클하다.

살다 보면 예측할 수 없는 사고를 당할 수도 있겠지만 허무하고 절망적인 상황이 와도 불굴의 정신으로 다시 일어나는 인간의 위대함을 본다.

인간 도전의 한계는 어디인가. 산행에서 만난 소녀에게 박수를 보내며, 나태한 나 자신을 돌아보았다.

5달러 때문에

타겟(Target)에 갔다. 딸을 보러 뉴욕에 다녀왔더니 할 일이 많아진 낮에는 시간을 낼 수가 없었다. 밤 10시가 넘었지만, 두루마리 휴지가 떨어져 더 이상 미룰 수는 없었다. 오랜만에 간 매장에는 공산품 외에 다양한 식료품이 갖춰져 있었다. 온라인 쇼핑 때문에 매출 감소를 겪는 대형 소매 체인의 고육지책이겠지만 같은 건물에 있는 미국 마켓 랄프스는 손님을 잃을 텐데, 무한경쟁 시대에 상도의는 이미 사라졌다.

소매업을 하는 나도 원스톱 쇼핑의 편리함이 마냥 반가울 순 없고 씁쓸하다. 아이들이 집을 떠나고 부부만 살기에 예전처럼 코스트코를 자주 갈 일이 없다. 큰 포장이 부담스럽기 때문이다. 대신 집에서 가깝고 월마트처럼 복잡하지 않은 타겟을 이용한다. 아들을 기숙사에 데려다주며 학교 앞의 타겟에서 생활용품을 샀는데 신용카드를 만들어 쓰면 5퍼센트의 할인을 즉석에서 해준다기에 카드를 만들었다.

휴지, 아이스크림, 우유, 맥주, 세제 등을 사니 100달러 정도가 나왔다. 지불은 당연히 타겟 카드다. 어찌 된 영문인지 안 된다. 셀프 계산대라 직원도 없고 기계는 요지부동이다. 아이스크림이 녹을까 염려되고 밤도 늦어 다른 카드로 지불하고 집에 돌아왔다.

왜 이리 늦었냐는 남편에게 타겟에 다녀왔고 카드 결제가 안 되더라고 무심히 얘기했다. 100달러면 할인 금액이 5달러인데 매니저를 불러서 해결하고 와야지 그냥 왔냐고 화를 버럭 낸다. 스스로 해결하는 힘을 안 기르고 매사에 의존적으로 살다가 갑자기 자기가 죽기라도 하면 어쩔 거냐며 오버한다.

5달러가 무슨 대수라고, 이렇게 편협하고 옹졸한 남자라니. 갱년기 들어갈수록 '쎈 언니'가 되어가는 나도 질 수 없어 응수하니 야밤에 말다툼이 시작된다. 남자들은 남성 호르몬의 감소로 나긋나긋해진다는데 이 남자는 왜 점점 뻣뻣해지고 말이 많아지나, 뭐하나 설렁설렁 넘어가는 법이 없다.

카드회사에 알아보니 우리 집 이사 때문에 메일이 반송되어 카드를 정지시켰다는 설명이다. 어차피 카드 블록이 풀렸는지도 알아볼 겸 매장에 가서 상황을 설명하고 영수증을 보여주니 '문제의 5달러'를 간단히 현금으로 거슬러준다. 별일도 아닌 거로 언성을 높였다.

친구가 남편이랑 파리에 가는데 한 좌석만 비즈니스 클래스로 승급되자 남편에게 양보했단다. 의아해하는 내게 체격이 큰 남자가 편한 자리에 앉는 게 당연하지 않냐는 설명이다. 30년 결혼생활 중 나는 몇 번이나 남편에게 양보했을까. 뿌리내리고 생존하기에도 벅

찬 이민 생활, 어느 작가의 말처럼 '슬픈 외국어'를 써야 하는 피곤한 하루하루 아닌가. 양보는커녕 귀찮고 힘든 일을 모두 떠넘기고 살았다.

남편이 드디어 그런 아내에게 지쳤다. 앞으로 30년은 나도 다르게 살아보겠다. 30년이 남기는 했을까.

(미주 중앙일보 〈생활 속에서〉 2018. 8. 10)

101호 여학생

가장 힘들다는 법대 1학년을 마치고 집에 온 아들아이가 눈이 나빠져서 안경 도수를 올려야겠다고 말했다. 방대한 양의 읽기와 쓰기로 눈이 혹사당해 '지옥 같은 1학년'이라고까지 말한다는데 무사히 1년을 보냈으니 대견하고 감사하다.

1년 전 기숙사 입주하던 날 현관에서 마주친 여학생 생각이 났다. 어깨까지 내려오는 유난히 까만 머리카락 때문에 하얀 얼굴이 창백해 보이기까지 했다. 가녀린 몸매의 그녀는 자기만큼이나 큰 덩치의 골든리트리버 안내견을 데리고 왔다. 그녀의 엄마로 보이는 여성도 눈이 안 보여 지팡이를 짚고 조심스레 걷고 있었다. 정상적인 아이도 눈이 나빠지는 혹독한 1년을 어떻게 견뎌냈을까. 음성지원 컴퓨터 프로그램이 있다지만 점자책 읽느라 지문이 다 지워진 것은 아닐까. 그녀의 안부를 궁금해하는 내게 아들은 그녀의 점자책 읽는 속도가 일반인보다 훨씬 빠르다고 말해 주었다. 매일 저녁 같은 시간이면 안내견을 운동시키는데, 비닐봉지를 꼭 갖고 다니면서 개의 배설물을 처리하는 그녀를 보는 것은 감동적이라고 했다. 그녀의 남동생도 시각장애를 갖고 있는데 줄리아드에서 첼로를 전공하고 있다니 놀랍고도 반가웠다. 이미 2016년에 시청각 중복 장애인 (Deaf-Blind)이 법대를 졸업하였고 미국 장애 인권 변호사로 활동하고 있다는 얘기도 감동이었다. 인간이 이겨내지 못할 고난은 없다는 말이 실감 나는 이야기다.

101호가 그녀의 방이다. 기숙사 건물에 단 하나 있는 공동 부엌이 위치한 1층, 건물의 현관에서 가장 가까운 1호실이 그녀에게 배정되었다. 엘리베이터가 없는 오래된 건물이라 눈이 안 보이는 그녀를 위한 학교 측의 당연한 배려일 것이다. 기숙사 입주가 다 끝난 저녁 때 건물 밖 공터에서 바베큐 파티가 열려 신입생과 재학생, 교수들이 자유롭게 서로를 소개하는 시간이 있었다. 노을 진 하늘 아래 신입생의 입학을 축하하는 오색 풍선이 날리고 있었다. 자원봉사 재학생 한 명이 그녀를 돕고 있었는데 안내견과 함께 온 그녀의 모습이 겉돌지 않고 자연스러워 보기 좋았다. 미국은 어려서부터 장애 아들이 특수학교가 아닌 일반 학교에서 통합교육을 받아 약자에 대한 배려가 당연한 것으로 체득되는 것 같다.

얼마 전 한국에서 장애인 특수학교 설립을 둘러싸고 지역주민과 장애 학생 학부모 사이에 갈등이 있었다. 왕복 세 시간씩 원거리 통학해야 하는 장애 학생들을 위한 특수학교 설립을 허락해 달라며 무릎 꿇고 호소하는 장애 학생 학부모의 영상은 가슴 아팠다. 주민들이 특수학교 설립을 반대하는 이유가 장애아들이 모이면 지역 이미지가 나빠져서 부동산 가치가 하락한다는 것이라니 기가 막혔다. 내 뒷마당에서는 안 된다는 님비(NIMBY: Not In My Back Yard)현상, 지역 이기주의의 전형적인 경우이다. 헌법에 보장된 장애인의 교육권을 주장하는 장애 학생 학부모와 지역주민 사이에 의견이 팽팽히 평행선을 달려 해결의 실마리가 보이지 않으니 안타깝다. 대화와 양보로 좋은 결과가 있어야 할 텐데.

물질적 풍요가 아닌 사회적 약자에 대한 배려가 넘치는 사회가 진정한 선진 사회일 것이다. 장애인에 대한 편견과 차별이 사라지는 선진 한국이 빠른 시일에 도래하길 바란다.

높아진 한국의 위상

2021년이 되면서 건물주의 코로나 임대료 할인 혜택이 끝났다. 지루한 장마철 반짝하는 한 줄기 햇살처럼 아주 잠깐이었다. 임대료만 줄어도 몇 년 더 버틸 수 있을 것 같은데 요즘 같아선 '힘들다' 소리가 절로 나온다. 얼마 전부터 비중을 늘린 한국 화장품이 그나마 숨통을 틔워주며 효자 노릇을 한다. K-뷰티라고 하면 가격이 비싸도 일단 품질을 믿는 분위기다. 나라 밖에 나와 사는 이민자의 알량한 애국심이랄까, 한국인으로서 자랑스럽다.

언제부터 '한류'가 주목받기 시작했던가. 한류에 무심하던 나도 미국 라디오 DJ가 〈강남스타일〉 노래를 틀어주면 어깨를 들썩이며 신나 하던 기억이 있으니 '싸이'는 공식적인 내 한류의 시작이다. 서구 언론들이 '21세기 비틀즈'에 비교하는 방탄소년단(BTS)의 세계적 성공은 그들의 팬클럽 '아미'가 아니라도 누구나 알 것이다. K-팝은 이제 세계적인 브랜드가 되었다.

진작 케이블 TV를 끊고 넷플릭스로 갈아탄 나는 〈비밀의 숲〉 〈사랑의 불시착〉 〈슬기로운 의사생활〉 등을 인생 드라마로 여기고 몰아서 보느라 수많은 밤을 새웠다.

한국의 드라마 제작 기술은 몰입도와 완성도에 있어 최고라고 생각한다. 코로나로 비대면 시대가 도래해서 한국 드라마와 예능프로의 수출이 늘었다고 들었다. 〈기생충〉에 이어 〈미나리〉까지 각종 영화상을 휩쓰니 신나는 일이다.

미얀마의 군부독재를 규탄하며 투쟁하는 미얀마 시민들이 한국 대사관 앞에서 제발 도와주세요. 살려주세요 하며 절규하는 것을 유튜브로 보았다. 80년도에 대학을 다니며 최루탄에 눈물깨나 쏟은 나는 잔인한 현실에 가슴이 먹먹해지면서도 미얀마 시민들이 K-팝과 드라마로 배운 정확한 한국어를 쓰는 것이 놀라웠다. 한국 대사관 앞에서, 시위를 한 것은 그만큼 세계 속에서 한국의 위상이 커졌다는 뜻 아닐까.

딸이 알려준 한식 소개 유튜버, 망치(Maangchi)를 구독하고 있다. 외국인 입맛에 맞춘 한국 음식이 아니라 본연의 한국 맛을 전하는 '한식 전도사'이다. 멀리 사는 딸과 공통 화제를 갖고 싶은 마음도 있지만 '망치'의 유쾌하고 쉬운 설명이 마음에 든다. 500만 이상의 구독자를 거느린 '망치'는 책도 내고 팬 미팅도 한다.

그녀 같은 유튜버가 소개하는 한식의 인기 덕분에 코스트코나 미국 슈퍼마켓에서 다양한 한국식품을 발견하게 되나 보다. 한국에 관한 관심도 관심이지만 한국 스낵이나 식품이 웰빙 건강식이라는 이미지도 크게 작용했으리라.

우리 가족이 미국에 온 20년 전만 해도 도시락 반찬으로 김을 싸 가면 '검은 종이를 먹느냐' 소리를 듣기도 하고 김치는 냄새 때문에 조심스러웠는데 발효식품 김치가 건강식으로 인기고 김도 저 칼로리 고단백의 스낵으로 인정받으니, 세상이 많이 변했다.

코로나19에 대한 무지와 잘못된 정보로 미국 내 아시안을 겨냥한 증오범죄가 늘었다. 인종차별적인 폭언과 폭행, 심지어 사망하는 사례까지 발생하니 겁이 난다. 미국에서 아시안에 대한 이미지는 머리는 좋지만, 소극적이어서 리더는 못 된다는 편견이 많다.

'인내가 미덕'이라고 교육받은 우리 세대와 달리 젊은 세대는 소심한 아시안이 아니라 당당히 우리의 목소리를 낼 수 있다. 선거에서 주류사회의 견고한 유리 천장을 깨고 네 명의 한인 하원의원을 배출한 것은 자랑스러운 일이다.

이제 소심한 아시안의 이미지를 깰 때가 되었다.

(미주 중앙일보 〈이 아침에〉 2021. 3. 13)

찢어진 배낭

　LA 도심에 비가 오면 산에는 눈이 내린다. 올해는 유독 비가 많아 홍수주의보가 발령되고 침수 피해가 속출하고 있다는 뉴스를 접하지만, 프리웨이를 운전하며 멀리 눈 덮인 산을 보면 가슴은 기대감으로 콩닥콩닥 뛴다.

　나뭇가지마다 내린 눈이 얼어 하얀 눈꽃으로 피어난 장관은 눈이 시릴 만큼 아름다울 텐데, 내가 갈 때까지 제발 녹지 마라, 당부한다. 코끝에 감도는 알싸한 공기를 가르며 아무도 밟지 않은 눈길을 걸을 생각에 벌써부터 설렌다.

　연이은 겨울 산행으로 꼬질꼬질 때가 낀 배낭을 보니 아름다운 설산에 대한 예의가 아니다 싶었다. 무심코 세탁기에 집어넣었다. 작년에 이사하며 새로 산 프론트 로드 세탁기도 나를 부추겼다. 예전에 쓰던 탑 로드 통돌이 세탁기에 비해 세탁물 엉킴이 없다고 생각한 것이다.

등산과 캠핑용품 정리는 남편이 항상 해와서 내가 배낭을 빨아본 적이 없는데, 하필이면 내가 처음으로 세탁기로 시도한 날 문제가 생겼다. 배낭 한쪽 옆선이 너덜너덜 처참하게 찢어진 것이다. 하이킹 도중 등에 땀이 차지 않도록 등판에 덧댄 그물망이 철사로 연결된 것을 미처 생각 못 했다. 세척 도중 철사가 튀어나와 옆선을 찢어놓았다. 6년째 썼으나 너무 말짱해서 앞으로 10년 이상은 너끈히 쓸 수 있는 것을 내 실수로 못쓰게 되니 배낭한테 미안했다. 〈조침문〉의 유씨 부인이 바늘을 부러뜨리고 '오호통재'라 한 것이 백 퍼센트 이해되었다.

배낭이 아깝기도 했지만, 갑자기 왜 안 하던 짓을 했냐고 잔소리 작렬일 남편이 더 신경 쓰였다. 남편 모르게 같은 걸 사서 완전범죄를 만들 생각에 인터넷을 찾아보았으나 같은 색상은 이미 생산이 중단되었다. 그 대신 'Osprey : All mighty guarantee'를 발견했다. 회사 창립연도인 1974년에 구입한 것이든 어제 산 것이든 이유 여하를 불문하고 손상된 것을 무료로 수리해 주거나 수리 못할 시에는 새것으로 교환해 준다는 회사의 약속이다.

망가진 배낭을 포장해서 회사에 보내니 며칠 뒤 '고객 서비스'라면서 전화가 왔다. 배낭수선이 불가해서 새것을 보내줄 테니 가까운 가게에 가서 메어보고 체형에 맞는 모델과 색상을 이메일로 보내달라고 했다. 내가 원하는 새 배낭이 도착했다. '세상에 이런 일이'에 나올 성싶은 일이다. 깜짝 놀랐다.

한 번 생산한 제품을 끝까지 책임지는 회사의 방침은 신선한 충격과 감동을 준다. 자기 상품에 대한 자신감이 얼마나 크면 이렇게까지 할 수 있을까. 제품이 망가졌을 때 새로 구입해야 매출 신장으로 기업이 성장하는 근시안적 사고가 아니다. 브랜드이미지를 추구하는 큰 그림을 그리는 사업이다. 헌 것을 쉽게 버리고 새로 사는 풍조가 만연하는 요즘 쓰레기 문제로 신음하는 지구를 구하자는 재활용 운동과도 맥락을 같이한다.

한국인의 빨리빨리 습관 때문인지 미국에 살다 보면 더딘 일 처리에 갑갑함을 느낄 때가 많다. 하지만, 느려도 바른 방향으로 가고 있음을 깨닫게 될 때가 있는데 바로 이런 기업을 만날 때다. 소비자에게 무한 신뢰를 주고 미국의 자존심을 살려주는 기업이다.

몇 달 전 캠핑에서 캠프파이어 도중 파카에 불씨가 튀어 구멍이 나서 털이 자꾸 빠지는 것을 막으려 대일밴드를 붙여두었는데, 그 회사도 평생 워런티 프로그램이 있으려나.

(미주 중앙일보 〈이 아침에〉 2019. 2. 27)

양날의 칼이 된 테크놀로지

오랫동안 연락이 끊겼던 친구 경희를 인터넷의 '사람 찾기 사이트'를 통해 찾았다. 이름과 살던 도시를 넣으니 수십 명의 동명이인이 떴다. 생일과 가족관계로 추리해서 가능성이 큰 사람에게 연락해 보았다. 낯선 번호라 전화를 안 받아 메시지를 보냈는데 요즘 말로 '대박 사건'이 일어났다. 내가 찾던 친구가 맞았다. 연락이 왔다.

그녀를 처음 만난 것은 1983년 대학 2학년 때 미국 연수를 와서다. 집이 같은 여의도라 연수 기간 내내 같은 방을 쓴 A의 단짝으로 경희는 중학교 때 이민을 왔다고 했다. 워싱턴DC에 도착하여 A가 경희를 만나러 가며 나를 방에 홀로 두고 갈 수가 없어 데려갔다가 경희와 나는 친구가 되었다. 한국에 돌아와서도 수년간 편지를 주고받았고 내가 직장 생활할 때 경희가 한국을 방문해서 셋이 만나기도 했는데 어떻게 소식이 끊겼는지 모르겠다.

오래전 미국에서 A를 만난 것도 기적이다. 미국에 온 지 얼마

안 된 나는 쇼핑몰에서 작은 가게를 하고 있었는데 안과 진료를 받으러 토렌스에 온 A가 백화점에 들렀다가 우연히 나에게 화장실 위치를 물은 거다. 십수 년 만이었지만 우리 둘은 바로 알아봤다. 이미 탄탄히 자리 잡은 병원장 와이프인 A에 비해 미국에 갓 온 이민자인 내가 초라해 보여서 자존심이 상했었나, 아이들이 어려 바쁜 탓도 있었지만 자주 안 만났다.

코비드 19 때문에 평소보다 컴퓨터를 보는 시간이 길어져 '사람 찾는 사이트'를 알게 되고 메릴랜드에 사는 친구 경희를 찾았다. 드문드문 연락하던 A와 나, 경희 이렇게 셋은 다시 뭉쳤다. 카톡과 3자 통화로 살아온 얘기를 풀어 놓고 아련한 과거로의 시간 여행을 떠난다. 장시간 전화를 해도 아쉬워 자세한 얘기는 카톡으로 하자는 못 말리는 아줌마들이다. 나이 들며 행복은 돈이나 물질적인 것보다 사람과의 관계에서 온다는 생각이 든다. 내 얘기를 털어놓을 수 있는 친구, 내 얘기를 들어주고 조언해 주는 친구가 있는 게 든든하고 행복하다.

페덱스 직원 차림으로 나타난 괴한의 총격에 외아들을 잃은 연방 판사 에스더 살라스(Esther Salas)의 인터뷰를 유튜브로 들었다. 판사를 노렸을 괴한은 그녀의 아들과 남편에게 여러 발의 총을 쐈다. 중상을 입은 남편의 간호를 하며, 외동아들의 장례 준비를 하고 있다며 울먹였다. 주소를 포함한 개인정보를 온라인에서 판매하는 회사에 조치를 취해 아들의 죽음을 헛되지 않게 해달라고 주장한다.

우리가 온라인 쇼핑할 때 주는 집 주소, 크레딧 카드, 쇼핑 성향

등의 정보가 쌓여 가공할 규모의 빅데이터를 형성하고 우리를 감시하는 빅브라더 역할을 한다. 페이스북의 알고리즘이 분석한 결과인지 저녁 메뉴를 걱정하면 배달이 가능한 식당 리스트가 뜨고 다운타운에 사는 아이의 아파트 리스가 끝나 집을 알아보면 부동산 광고가 뜬다. 기계치인 나도 컴퓨터로 친구를 찾았는데 지능적인 해커들은 원하기만 하면 어떤 정보도 손에 넣을 수 있다.

테크놀로지는 양날의 칼과 같아서 편리한 생활 여건을 제공해 주는 순기능이 있지만, 사생활 침해 요소가 크다. 코로나는 우리가 상상한 이상으로 비대면 사회에 가속도를 준다. 지금까지 내가 살아온 중에서 가장 이상한 봄과 여름이 주는 낯섦에 어지럽다.

(미주 중앙일보 〈이 아침에〉 2020. 8. 12)

닫혔던 가게 문을 열며

　　우리 가게 뷰티서플라이가 비 필수업종이어서 문을 닫았다가 코로나19 봉쇄가 풀리면서 가게를 다시 열었다. 그동안 쇼핑을 못 한 사람들이 쏟아져 나오고 미장원과 네일살롱에 못 가는 사람들이 직접 머리와 손톱 손질을 해서인지 가게는 코로나19 이전보다 바빠졌다.

　　그러나 반짝 특수였다. 머리 깎는 클리퍼와 손톱을 정리하는 기계의 재고가 바닥났다. 도매업체도 수급이 원활하지 않으니 물건이 없다. 재난 지원금(stimulus check)과 실업수당으로 돈이 풀려 보석상이나 리커마켓 하는 분들은 크리스마스 때처럼 장사가 잘된다고 들었는데, 나는 아쉽게 되었다.

　　가게를 다시 열어 고맙다는 손님들을 만나니 반갑다. '집콕'할 때는 끝이 안 보이는 터널 속에 갇힌 기분이라 날짜와 요일도 잊고 지냈는데 출근하니 좋았다. 가게를 닫아 매출이 없어도 임대료는 내야 해서 걱정이 많았는데 다행이다 싶었다.

스니즈 가드를 설치하고 거리 두기를 위한 발자국 표시를 바닥에 붙였다. 스니즈 가드는 재채기하거나 말할 때 튀어나오는 침방울을 막는 구조물이다. 업체에 물어보니 개당 150달러나 한다. 남편이 유튜브를 보더니 아크릴판을 20달러씩에 구입해 3개를 설치했다. '마스크 없이 입장 금지' '6피트 거리 두기' 등의 스티커를 정문에 붙이고 마스크와 장갑을 끼고 손님을 맞는다. 환기를 위해 문을 활짝 열어 두어야 해서 날씨는 더워지는데 에어컨도 못 틀게 생겼다. 수시로 가게를 소독해야 하니 몸은 바쁘고 장갑 낀 손에는 땀이 찬다. 마스크가 얼굴의 반을 가리니 갑갑하다. 손님도 마스크를 쓰고 얘기하니 가뜩이나 어려운 영어가 더 안 들린다.

조심하라며 짝퉁 루이뷔통이나 샤넬 로고가 박힌 마스크를 선물로 주고 가는 손님이 있는가 하면 마스크 없이 들어와 물건 하나만 사고 바로 나간다 하면서 전화 통화로 침방울을 날리는 막무가내 진상손님도 있다. '흑인 생명도 소중하다(Black Lives Matter)' 티셔츠를 입은 흑인 손님이 잘 버티라며 7달러 남짓의 잔돈을 안 받고 간다. 조그만 아시안 아줌마가 불쌍해 보였나.

백인 경찰의 과잉 진압으로 사망한 흑인 조지 플로이드 때문에 전국적으로 번지던 시위는 다행히 이제 잠잠해졌다. 약탈과 방화가 시위의 본질을 흐린 것은 마음 아프지만, 그동안 무심히 살면서 모르고 있던 미국의 제도적 인종차별(systematic racism)에 관심갖게 되었다. 부정적인 흑인의 이미지 뒤에 숨은 원인을 간과했었다. 수십 년 동안 해결되지 않은 불평등과 편견의 결과인 것을 영화와 다큐멘터리를 찾아보며 알게 되었다. 본인 의지로 선택할 수 없는 피부색 때문에 차별받는 흑인의 역사는 슬프다. 유색인종인 한인도 편견과 불평등의 유리 천장에서 완전히 자유롭지 않으니 마음이 무겁다.

아침에 베란다로 나가 신선한 아침 공기를 마시며 진한 커피 한 잔으로 잠을 깨운다. 두통도 없고 목 아픈 증세도 없이 아침을 맞이할 수 있으니 고맙다. 수많은 사망자와 실업자를 양산한 코로나19로 한 치 앞도 예측할 수 없지만, 가족 모두 아직 건강하고 아이들과 우리 부부도 일할 수 있으니 감사한 일이다.

내가 좋아하는 이해인 수녀의 시〈감사예찬〉의 일부를 소개하고 싶다.

감사만이 보석입니다/ 슬프고 힘들 때도 감사할 수 있으면 삶은 어느 순간 보석으로 빛납니다.

(미주 중앙일보 〈이 아침에〉 2020. 7. 2)

지구를 살리는 작은 실천

이사한 새집 근처 공원에서는 일주일에 두 번씩 파머스 마켓이 열린다. 걸어갈 수 있는 위치라 산책 삼아 자주 간다.

'We Sell What We Grow' 플래카드가 보인다. 직접 재배하여 판매하는 보증할 수 있는 올가닉 채소와 과일이란 뜻이다. 일반 마켓에 비해 가격은 비싸지만, 샘플 인심이 후해 과일 잘 고르는 재주가 없는 나는 먹어보고 살 수 있어 실패 확률이 낮아서 좋다. 둘이 살면서 냉장고가 항상 꽉 차 있다고 불평하는 남편을 백 프로 공감하기에 '냉장고 비우기'를 실천 중이다. 소꿉놀이하듯 사과 몇 알, 자두 몇 개, 블루베리 1팩을 산다.

60세쯤 돼 보이는 아줌마가 장바구니에서 가져온 타파웨어를 꺼내더니 블루베리와 블랙베리를 담는다. 원래 포장인 초록색 플라스틱 박스를 상인에게 돌려주며 "Save the boxes." 한다. 더운 여름날 갑작스레 쏟아지는 차가운 소낙비처럼 신선한 충격이다.

2014년 캘리포니아는 소매점의 일회용 비닐봉지 사용 금지법을 제정하였다. 손님은 장바구니를 가져가거나 재활용 봉투를 10센트에 사야 한다. 소매업을 하는 나도 재활용 봉투를 준비해 두고 손님에게 10센트를 받지만, 가끔 실랑이가 벌어지기도 한다.

"물건을 많이 팔아주는데 봉툿값까지 지불하기 싫다." "봉투 없이 물건을 들고 나가면 도둑으로 오해받을 수 있다."라며 불평하는 손님들이 간혹 있다. 미국에서 유색인종으로 살아가며 받는 차별이 느껴지는 순간이다. 오늘은 봉투를 공짜로 주지만 다음부터는 장바구니를 가져오라고 말해 준다.

지구 온난화로 먹을 것 찾기가 힘들어진 북극곰이 검정 비닐봉지를 뜯어먹는 사진, 콧속 깊숙이 박혀있는 플라스틱 빨대를 빼내느라 피 흘리는 바다거북의 영상, 해변으로 떠밀려온 고래 사체의 배 속에서 나온 플라스틱 쓰레기의 사진은 충격적이다.

개인의 미용과 위생을 위해 사용하는 스크럽 화장품, 비누, 치약에 들어가는 마이크로 비드(microbead)는 폐수 처리장을 그대로 통과하여 바다로 흘러든다. 또 플라스틱이 바람과 파도에 5밀리 이하로 잘게 부서진 미세 플라스틱은 먹이사슬의 마지막 단계인 인간까지 위협한다. 천일염, 어패류, 수돗물, 공기에서도 검출된다고 한다. 나노 크기의 미세 플라스틱이 혈관 속을 떠돌다 혈관을 막을 가능성도 있겠다. 인간의 무분별한 플라스틱 사용이 부메랑이 되어 인간에게 칼끝을 겨눈다.

음식할 때 손에 양념 냄새 배는 것이 싫어 사용하는 일회용 비닐

장갑, 빨래할 때 드는 물과 세제, 행주를 빠는 노동력을 생각하면 더 저렴하고 위생적이라며 행주 대신 사용하는 물휴지, 설거지하기 전 기름 묻은 프라이팬을 닦는 키친타올, 접시, 컵, 빨대 등 습관적으로 사용하는 일회용품이 내 주변에도 널려있다. 편리함만을 추구하며 지구와 환경에 미칠 영향을 잊고 살아왔다. 쓰레기 버리는 날 보면 온라인 쇼핑의 과도한 포장박스가 집집마다 산더미처럼 쌓여 있다. 작은 집으로 이사 후 물건 없애기와 물건 사들이지 않기를 실천하는 중이다. 물건 없애기가 쉽지 않음을 알게 되니까 물건 구입할 때도 신중을 기하게 된다. 없앤 물건이 많아도 전혀 불편하지 않다. 내 이웃들도 소유를 줄여 절제된 삶을 살며 '싱싱한 젊은 지구'를 만드는데 일조하는 행복감을 느끼기 바란다.

(미주 중앙일보 〈이 아침에〉 2018. 11)

삶의 균형 찾기

좀처럼 전화를 먼저 걸지 않는 딸이 전화했는데 바로 끊겼다. 반가운 마음에 얼른 다시 걸어보지만 받지 않고 기계음만 들린다. 가까스로 통화가 되었는데 집에서 일하는 중이라 동료에게 전화한다는 것을 실수로 엄마에게 걸었나. 어이없을 때 아이들이 자주 쓰는 단어 '헐' 소리가 절로 나온다.

첫딸을 낳고 어디 하나 흠 없는 완벽함이 신기했다. 이 예쁜 아이의 엄마가 되기 위해 이제껏 살아왔나 할 정도로 행복했다. 질풍노도라는 사춘기를 고요히 넘기고 대학에 가니 더 이상 바랄 것이 없었다. 아이의 직업적 성공을 돕는 것이 엄마의 의무라고 믿었기에 인턴과 취직을 채근하고 닦달하며 매니저 역할을 자청했다. 나의 잔소리와 간섭이 지나쳤나, 4년 전 뉴욕에 취직이 되자 뒤도 안 돌아보고 집을 떠나 일 년에 두어 번 손님처럼 다녀갈 뿐이다.

'바쁘다' '지하철에서 전화가 안 터진다'라면서 내가 거는 전화도 잘 안 받고 메시지에 간단한 답만 한다. 멀리 떨어져 살기에 더욱 절절한 그리움과 애틋함으로 일거수일투족이 궁금하고 하루라도 연락이 안 되면 불안해서 견딜 수가 없었다. 인스타그램과 페이스북을 매일 살피며 '좋아요'를 누르고 댓글을 달았더니 딸아이로부터 친구 삭제를 당하는 지경에 이르렀다. 딸아이와 나 사이의 별만큼 아득한 거리가 느껴진다.

엉킨 실타래를 어찌 풀어야 하나.

그간 쌓아둔 마일리지가 기간만료로 무효가 된다기에 서둘러 뉴욕행 티켓 예약을 했다. 딸은 프로젝트가 있어 주말 외에는 시간을 못 낸다며 반기는 기색도 없다. 뉴욕에 여러 번 와 봤으니 혼자 다니란다. 딸아이 집이 있는 브루클린에서 맨해튼 유니언스퀘어까지 가면 뉴욕의 웬만한 곳은 다 전철로 연결되니 어려운 일도 아니다. 혼자 헤매고 돌아다니다 저녁에 아이가 권하는 식당을 가니 아이와 말싸움으로 부딪칠 일도 적었다.

'삶은 집착하기와 내려놓기 사이에서 균형 찾기(Life is a balance of holding on and letting go)'라는 경구를 보았다. 나를 위해 준비된 말인가. "나는 엄마의 소유물, 아바타가 아니니 엄마 뜻대로 바꾸려 하지 말라."는 딸의 말이 계속 머릿속을 맴돈다.

최근 친구의 조카가 미 항공우주국(NASA)의 우주인이 되었다. 1만 8,300명의 지원자 중 12명을 뽑는 치열한 경쟁 끝에 선발되었으니 같은 한인으로 자랑스럽다. 그는 고교졸업 후 대학 대신 미 해군 엘리트 특수부대(navy seal)에 갔다고 하여 놀란 기억이 난다.

제대 후 하버드의대를 나와 응급실에서 근무한다는 말은 들었지만, 우주인은 뜻밖의 소식이다. 그의 인생 여정(life journey)에서 꿈을 좇는 다채로운 도전이 기대된다. 대학 대신 군대를 선택한 아들을 존중하고 믿어준 부모가 있었기에 가능한 이야기다. 내게 필요한 부모의 덕목이다.

풀꽃은 풀꽃으로서 소박한 아름다움이 있건만, 풀꽃 보고 화려한 장미가 되라고 억지를 부린 것은 아닐까. 간섭과 참견을 멈추고 아이를 믿고 존중하며 원하는 삶을 살도록 응원해야겠다.

비가 갠 맑은 하늘 아래 센트럴 파크에서 5번가를 따라 걷는데 바람이 상쾌하다. 집착을 버린 자리엔 자유라는 바람이 분다.

커스터 부인의 편지

집만 줄이고 짐은 그대로 다 가져왔기에 이사 후 짐 정리가 만만치 않다. 뉴욕에서 직장에 다니는 딸아이 방을 정리하다가 옛날 편지를 모아둔 상자를 보았다. 손편지가 귀한 세상이니 나중에 추억이될 듯하여 버리지 못하고 새집까지 가져온 것이다.

우리 가족이 미국에 온 지 얼마 안 된 1999년에 받은 몇 통의편지가 있었다. 딸이 초등학교 3학년 때 사귄 친구 쥴리아의 미국인엄마 커스터 부인이 보낸 것이다. "러시아에서 왔대." 하기에 미국이 다민족 국가라 그럴 수도 있겠지, 했다. "그런데 엄마가 친엄마가 아니래." 입양 가족을 실지로 본 것이 처음이었다.

아주 오래전 학교 자원봉사에서 그녀를 본 적이 있었다. 아이들이 여럿이라 항상 바쁘려니 했는데, 딸의 영어 공부를 도우려 펜팔을 자청했다니 놀랍고도 고맙다. 꽃무늬가 화사한 편지지에 수려한손글씨가 감동이다. 영어가 서툰 아이를 위해 그림까지 곁들인 솜씨는 수준급이다.

보르네오섬 여행 후 편지에는 오랑우탄에 대한 설명이 있었다. 원주민 언어로 '오랑'은 '사람', '우탄'은 '정글'을 뜻한다고 한다. 사람들이 팜유 생산을 위해 오랑우탄의 서식지인 열대우림을 마구잡이로 파괴하여 오랑우탄이 멸종위기에 처하게 된 사연은 흥미롭고도 안타까웠다.

오리건에서 가장 높은 산인 마운트 후드(3,429m)를 다녀온 등산 후기도 있었다. 빙하로 덮인 산을 크레바스(빙하가 녹아 갈라진 틈)에 빠지지 않게 남편과 로프로 몸을 묶고 등산용 얼음도끼와 크램폰으로 무장하고 등산한 이야기는 그림과 함께 자세히 묘사되어 손에 땀을 쥐게 했다. 해가 떠서 눈이 녹으면 바위가 굴러 위험하므로 밤 10시에 출발하여 눈이 녹기 전에 하산할 수 있었다고 한다. 장장 13시간의 고된 산행을 마친 것은, 하이킹하는 내게 깊은 인상을 주었다. 인터넷을 검색해 보니 놀랍게도 커스터 부인은 봉투에 적힌 주소에 아직도 살고 있었다. 그녀를 찾아 감사의 인사를 하고 등산 이야기도 나누고 싶다.

줄리아는 풀브라이트 장학금을 받아 러시아 유학을 마친 후 미국에 입양된 러시아 고아 친부모 찾기(FAMILYSEEK, ORG) 일을 하고 있었다. 이름도 미국과 러시아 두 곳을 나타내는 Julia Sasha로 바꾸고 자기가 받은 사랑을 돌려주는 일을 하고 있으니, 커스터 부인의 사랑이 결실을 맺은 것이다.

입양은 돈과 시간, 에너지가 매우 필요한 일이다. 시설에서 자라는 아이들에게 가정과 가족의 행복을 주고 싶은 마음이 아니면 할 수 없는 일이다. 다섯 명의 러시아 고아들을 입양하여 책임감과 사랑으로 키우면서, 갓 이민 온 딸아이의 펜팔까지 자청한 커스터 부인의 삶을 보니 지금까지 내 가족밖에 품지 못하고 살아온 나는 부끄럽고 큰 도전을 받는다.

'한 알의 대추도 저절로 붉어져 영글지 않는다.'는 시구절처럼 혼자 힘으로 이룬 것 같아도 다른 이들의 많은 도움으로 우리 가족이 이국땅에서 뿌리내리게 됨을 알게 되었다.

커스터 부인 편지 봉투에 붙어있는 노란 스마일 스티커가 나를 향해 웃는다. 나도 따라 웃어 보았다. 그나저나 이 핑계 저 핑계 대며 가져온 짐은 언제 다 정리하나.

설레지 않으면 버려라

산책 중 'Estate Sale' 팻말이 있는 집을 보았다. 사방에서 태평양이 시원하게 내려다보이는 집의 내부는 얼마나 근사할까, 궁금해서 들어가 보았다. 전망은 더할 나위 없이 훌륭하지만 오래된 집이라 낮은 천장과 복잡한 구조가 내 취향은 아니다. 간신히 집을 산다 해도 높은 재산세가 부담이니 신 포도라면서 따 먹지 못하는 여우의 심정이었을까.

'에스테이트 세일'이란 그 집에 살던 사람이 죽고 유품을 판매하는 일이다. 일반인에게 집을 개방해서 가능한 한 빨리 집안의 모든 물건을 없애고 집을 팔려고 할 때 이용하는 방법이라 들었다. 후손들이 업체에 의뢰해 그들에게 불필요한 모든 물건을 처분한다. 주인 떠난 옷장의 옷, 구두, 가방, 주방용품, 책, 그림 등이 헐값의 가격표를 달고 새로운 주인을 기다린다. 서글프기 짝이 없는 풍경이다. 우리 정서로는 모르는 사람, 특히 죽은 사람의 물건을 사용하는 것을 쉽게 받아들일 수 없지만, 광고를 보고 온 차들이 드라이브 웨이에 벌써 가득하다. 누군가의 불필요한 물건이 다른 이의 보물이 될 수 있다는 말이 맞나 보다.

우리 가게의 단골 몇 명이 코로나로 사망한 소식을 전해 들었다. 나와는 상관없다고 생각한 죽음을 코앞에 맞닥뜨린 기분이다. 갑자기 이슬처럼 허망하게 사라질 수도 있는 게 인생이라는 생각에 정신이 번쩍 든다. 어느새 60세가 내일모레니, 세월이 손가락 사이로 새어 나가는 모래와 같이 훌쩍 흘러갔다. 귀중품을 제외하고 내가 사용하던 물건들을 내 아이들이 과연 환영할까. 결국은 이렇게 에스테이트 세일로 나오겠지.

집에 돌아와서 제일 만만한 옷 정리부터 시작했다. 몇 년 전부터 등산복을 제외하곤 옷 사는 일이 현저히 줄었지만, 옷장에 숨 쉴 공간을 주니 코로나 직전에 사고 한 번도 못 입은 새 옷이 보인다. 옷 정리 후 구두, 가방, 그릇 등 오래도록 사용하지 않은 것을 없앴다. 하지만 글 쓸 때 나중에 내 글에 써먹어야지 하고 메모해 둔 노트와 책들, 추억 담긴 편지 묶음과 사진들은 정리가 어렵다. 소질이 없으니 하기도 싫은 정리 정돈은 내 아킬레스 건이다.

곤도 마리에의 『인생이 빛나는 정리의 마법』을 읽으며 "설레지 않으면 버려라"는 그녀의 충고를 따르고 싶지만, 설레는 물건만 남기는 일이 과연 나한테 가능할까. 적게 소유하며 중요한 것에 더욱 집중하면 더욱 밀도 있고 풍요로운 삶을 살 수 있다는데. 살림살이만 정리할 게 아니라 마음속에 쌓인 욕심, 미련, 집착을 가지치기해야 하는데.

페이스북 친구 인연으로 시작하여 오프라인에서 만나는 동갑내기 친구가 있다. 한 시간씩 운전하고 우리 동네까지 와서 바닷가나 공원을 산책하고 즐거운 시간을 갖는 고마운 친구다. 한 번은 그녀가 같이 하이킹하는 친구들도 데려와서 좋은 사람들도 사귀게 되었다. 친구의 친구로부터 건강밥상 유튜브도 소개받고 성경 말씀도 주기적으로 카톡으로 받게 되었다.

미니멀리즘을 추구한다며 소유한 물건을 줄이고 사람과의 관계에서 오는 실망으로 불필요한 만남도 자제하자 마음먹었지만 이렇게 좋은 풍성한 만남을 경험하니 미니멀리즘에서 사람 만남은 제외해야 할 듯싶다.

(미주 중앙일보 〈이 아침에〉 2021. 5. 14)

로봇과 함께 사는 세상

설거지하느라 싱크대 앞에 서 있는 나의 맨발을 로봇청소기가 계속 톡톡 친다. 사이드 브러시를 신나게 돌려 먼지를 긁어모으다 내 발을 장애물로 인식했나 보다.

"나야 나, 간지러워, 저리로 가. 저기 바닥에 말라비틀어진 밥알이 보이지 않니, 고추씨가 바로 네 옆에 있는데 그냥 지나치기야?"

아이들이 떠난 집을 혼자서 청소하기가 힘들다. 매일 출근하고 하루 쉬는 일요일도 거의 등산을 가기에 차분히 집안 정리를 하고 청소할 시간적 여유가 없다며 변명한다. 그러나 정리 정돈과 청소는 나의 아킬레스건이다. 소질도 없고 하기도 싫다. 나이 들며 힘이 달리고, 미룰 수 없는 음식 만들기와 빨래를 하다 보면 청소는 항상 뒤로 밀린다. 그래도 아주 포기할 수는 없어 성능 좋다는 청소기와 스팀청소기를 계속 사들이니 집안에 청소도구만 쌓인다.

환불이 용이한 코스트코에서 판매하기에 로봇청소기를 냉큼 집어 왔다. 우주인의 발같이 생긴 사이드브러시로 구석의 먼지를 모으고 중앙의 브러시가 머리카락 등의 이물질을 쓸어 담아 먼지통에 모은다. 인공지능이 탑재되어 청소 공간을 계산해 최적의 알고리즘을 선택하여 빈틈없이 청소한다는 광고문구가 유혹적이다. 지켜보고 있으면 바로 옆의 이물질도 인지 못 하고 엉뚱한 곳으로 이동하여 답답하기 그지없지만, 시간이 지난 후 먼지 통에 모인 한 움큼의 미세먼지를 보면 입이 쩍 벌어진다. 손으로 마룻바닥을 쓸어보아도 사람이 청소기를 돌린 것보다 훨씬 훌륭하다. 기특하다. 설명서의 깨알 같은 글씨를 아직 다 읽어 보지 못했으니, 로봇청소기를 백 프로 이용한다고 할 수 없는 상황인데도 만족스럽다. 걸레질도 야무지게 하는 로봇이 나오면 좋겠다.

아는 분이 아들에게 선물로 받은 스마트 스피커 '에코'를 자랑했다. '에코'는 음성인식 기술을 가진 기기이다. 탑재된 비서 '알렉사'가 원하는 음악을 불과 수 초 안에 찾아서 들려주고 뉴스브리핑과 여행지 날씨와 정보를 주니 편리하단다. 인터넷을 찾아보니 쇼핑리스트 작성, 일정 관리, 알람과 타이머 기능 등 무궁무진한 역할이 있다. 집안의 여러 전자제품과 연동시키면 움직이지 않고도 작동이 가능하다니 진정한 도우미가 아닌가. 아이들에게 원하는 성탄 선물 귀띔을 해야겠다.

산행이 힘에 부쳤는지 온몸이 여기저기 쑤셨다. 미네랄이 풍부한 엡솜솔트(Epsom salt)를 물에 풀어 입욕제로 쓰면 뭉쳤던 근육이 풀린다기에 밤늦게 마켓에 갔다. 기계에 서툰 손님 몇이 줄을 서서 기다리는 한 곳을 제외하고 모든 계산대는 셀프였다. 냉동고 옆을 지나가니 내 움직임을 알아차린 센서가 불을 켰다 껐다 한다. 기계가 전기세와 인건비를 줄여준다. 천장에는 감시카메라가 촘촘하다. 레시피와 살림 정보를 주고받던 훈훈한 마켓은 먼 옛날의 이야기이다. 하기야 계산대도, 계산을 기다리는 줄도 없는 식료품 매장 '아마존 고'가 "그냥 집어서 가세요!(Just grab and go!)"라는 모토로 시애틀에 오픈됐다는 소식을 벌써 듣지 않았던가.

인공지능 로봇이 10년 내 일자리의 70%를 위협한다는 기사가 이제 놀랍지 않다. 스스로 운전하는 무인 자동차를 타고 로봇 기자가 작성한 기사를 읽으며 목적지를 향해 갈 것이다. 로봇이 요리한 음식을 먹고 '에코'로 음악을 듣는다. 아프면 로봇 의사에게 처방을 받고 수술을 받을 것이다. 알렉사가 주문한 물건을 드론으로 받는다.

분명 편리한 신세계다. 그러나 사람과 기계의 소통이 긴밀해질수록 사람과 사람의 소통은 보기 힘든 세상이 아닐까. 축복일까, 재앙일까.

(미주 중앙일보 〈이 아침에〉 2017. 3. 30)

미리 맛보는 은퇴 생활

집에 가만히 있는 걸 좋아하는 내가 코로나19로 합법적인 '자택 대피령(stay at home)'을 명령받으니 갑갑하기는커녕 웬 떡이냐 싶었다.

대학 졸업 후 줄곧 일했으니, 처음으로 방학을 맞이한 셈이다. 그것도 숙제 없는 방학을. 얼마만의 쉼표인가. 알차게 재충전의 시간으로 보내야지 다짐도 했지만, 개학 앞두고 밀린 일기 몰아 쓰던 버릇은 여전하여 넷플릭스 시리즈 몇 편 본 것 말고 똑 부러지게 한 게 없다. 다람쥐 쳇바퀴 돌 듯 단조로운 일상이 지겨워 은퇴 소리를 입에 달고 살았는데 미리 맛본다. 바쁘다며 미뤄두었던 집안 정리를 매일 하니 오픈 하우스를 당장 해도 될 만큼 집안이 깨끗해졌다.

남편은 흙을 사 와 분갈이를 하고 유튜브로 공부하며 집의 이곳저곳을 손본다. '내일 지구의 종말이 온다고 해도 나는 오늘 한 그루의 사과나무를 심겠다'는 스피노자를 소환하며 텃밭 가꾸기, 그림 그리기, 애완동물 키우기 등을 시작하는 친구들의 소식을 SNS를 통해 듣는다. 나도 그럭저럭 순조로운 칩거 생활에 길들어져 간다.

코로나19가 일상을 재편성한다. 갑자기 세끼 준비하는 것이 힘에 부쳐 남편을 부엌으로 불러들였다. 의외로 손끝이 야무진 남편은 계란지단을 곱게 부치며 월남쌈을 같이 만든다. 월남쌈은 운동 부족인 요즘 단골 메뉴다. 무말랭이와 깍두기용으로 썰어놓은 무가 예술이다. 30년 차 부부의 맹숭맹숭한 삶에 갑자기 다정한 기류가 흐르며 닭살 부부로 거듭나려 하니 놀랍다. 느긋하게 이른 저녁을 먹고 인터넷으로 유명 연주가의 연주를 듣거나 영화를 같이 본다.

마스크와 장갑으로 무장하고 운동 삼아 한국 마켓에 걸어서 간다. 평소엔 냉장고 파먹기를 하다가 주말에 집에 들르는 아들 먹일 특식을 위해서다. 모르는 사람이라도 지나가다 마주치면 '하이' 하며 웃곤 하던 일상이 어느덧 화들짝 놀라 피하는 서글픈 현실이다. 아는 분이 마켓 앞에서 줄 서 있다가 전화에 정신 팔려 그대로 서 있는 여자에게 다가가서 앞으로 가라고 말했다가 봉변을 당했다고 한다. '소셜 디스턴싱' 소리치며 도끼눈으로 무섭게 째려보더라나.

국가의 위기 대응 시스템을 보면 국가의 품격이 나오는데 세계에서 제일 부자나라라는 미국의 코로나 대응에 실망이 크다. 영안실 부족으로 아이스링크를 시체안치소로 이용한다는 기사는 슬프다. 부실한 의료체계와 위기를 타개할 리더십의 부재는 결국 손 씻고 마스크로 얼굴 가리고 집에 머물라는 지시밖에 못 한다. 치료 약과

백신이 나올 때까지 불안해하며 각자도생할 뿐이다.

　한국 제과점에 갔다. 시간이 많아 집에서 빵 굽는 사람이 늘어 이스트와 밀가루 구하기가 하늘의 별 따기란 소리가 들리더니 큰 매장에 종업원 한 명 없이 아주머니 홀로 텅 빈 가게를 지키고 계셨다. 나도 비 필수업종이라 뷰티서플라이를 닫았지만, 임대료 책임이 있으니 남의 일 같지 않고 한숨이 나왔다.

　동네 산책길에 어린애가 그려서 창문에 붙여둔 포스터를 보았다. 최전선에서 목숨을 걸고 고생하며 묵묵히 제 몫을 감당하는 의료진에 대한 감사를 표현했다. 아이의 천진한 마음이 서투른 크레용화에 잘 나타나 감동을 준다. 마음이 따스해진다. 모든 일에 유효기간이 있는지라 한없이 방학을 즐기던 나도 슬슬 답답해진다. 일하고 싶다. 열심히. 당분간 은퇴 타령은 안 할 듯싶다.

(미주 중앙일보 〈이 아침에〉 2020. 5. 15)

비 오는 날 수영장 풍경

　겨울비로 날씨가 쌀쌀하다. 저녁을 든든히 먹었어도 진한 커피와 달콤한 고구마 케이크의 유혹에 넘어간 것은 추운 날씨만큼 마음도 춥고 허전해져서일까. 아이들이 돌아간 후 다시 단순한 일상이다. 설거지는 자기가 할 테니 얼른 운동 가라는 남편에게 떠밀려 주섬주섬 가방을 챙겨 스포츠센터에 왔다.

　이런 날씨엔 자쿠지에 들어가 몸을 덥힌 후라야 수영장 찬물에 들어갈 수 있다. 중국인 모녀와 나, 셋뿐이다. 평소 눈인사만 했는데 오늘은 새해 인사를 하며 말을 건넸다. 노모의 나이를 물으니 놀랍게도 87세란다. 한동안 못 보았다는 내게 엄마를 모시고 언니가 사는 독일에 다녀왔다고 했다.

　건강한 신체에 비해 노모의 정신은 가끔 오락가락한다. 한 번은 수영복을 안 입고 알몸에 타월만 걸친 채 수영장에 들어온 것을 내 친구가 발견하고 얼른 샤워실로 데려간 일이 있다. 그 후로는 딸이 손을 꼭 붙잡고 에스코트한다. 딸이 일하는 낮시간에 노모는 러시아 인이 운영하는 시니어센터를 다닌단다. 퇴근 후 저녁 마실 가듯 스 포츠센터에 함께 와서 운동과 샤워하는 모습이 훈훈하다. 귀찮다거 나 힘든 내색 없이 그저 엄마가 건강을 이만큼이라도 유지하니 감사 할 뿐이라는 딸을 보면 역시 노후에 딸이 있어야 한다는 말이 맞나 보다. 나처럼 타국에 사는 딸은 없는 것과 같겠지만.

수영장에 들어가니 몇 달 전부터 하반신마비 아내의 재활 운동을 위해 수영장을 찾는 백인 부부가 보인다. 처음 보았을 때보다 한결 밝아진 아내의 얼굴이 반갑다. 관심과 사랑이 무표정한 환자를 웃게 했다. 남편은 아내를 간병하느라 저절로 상체가 발달한 근육남이 되었다. 휠체어에서 아내를 안아내려 Lift(장애인이 앉아서 풀장에 들 어가는 것을 돕는 기구)에 앉혀 풀장으로 옮기고, 물속에서 운동시키 면서 생긴 근육이다. 운동이 끝나면 자쿠지로 아내를 옮기고 나서야 남편은 수영을 한다. 자쿠지에 먼저 와있던 사람들은 그녀에게 마사 지하라며 월풀이 나오는 자리를 양보하고 말동무도 해준다. 한국, 중국, 일본의 아시안들과 남미의 여러 나라 사람이 운동 후 하루의 피로를 풀기 위해 자쿠지를 이용한다. 사용하는 언어는 달라도 진심 으로 환자를 배려하는 훈훈한 풍경에 마음이 따스해진다.

며칠 전 여성 탈의실에서는 수영장에 매일 와서 아내를 운동시키 는 '백인 남자'가 화제였다. 요즘 세상에 보기 드문 순애보 남편이라 고 칭찬하다가 "만약 사고나 질병으로 마비가 온다면 내 남편도 그 남자처럼 극진히 간병할까?"라는 질문이 나왔다. 양로병원 간호사로 일하는 분은 경험으로 많이 보았다며 다 도망간다고 장담한다. 긴 병에 장사 없다는 옛말이 맞는 것인가.

"저희 남편은 끝까지 간병해 줄 거예요."라며 애교 많은 Y가 말한다. 나는 자신 없다고 하니 "평소에 남편에게 잘하며 보험을 들어두셨어야죠." 한다. 그러잖아도 아내의 재활 운동을 위해 풀장에 매일 오는 백인 남자 칭찬을 남편에게 하면서 "당신은 어떨 것 같으냐?"는 내 물음에 즉답을 피하는 남편을 믿을 수 있을까. 적당한 운동과 올바른 섭생으로 건강을 지키는 것이 진정한 보험일 것이다.

내 건강은 내가 지키자. 물살을 가르는 손과 발에 속도가 붙는다.

(미주 중앙일보 〈이 아침에〉 2019. 1. 25)

주인을 잘 만나야

화창한 토요일 오후 쇼핑을 마치고 나오니 넓은 주차장에는 클래식 자동차 전시가 한창이다. 오색 풍선이 바람에 휘날리고 아마추어 밴드의 경쾌한 연주에 구경 나온 이들이 몸을 들썩인다. 주최 측에서 마련한 주황색 소형차는 동그란 지붕을 머리인 양 무지개색 모학(MOHAWK) 스타일로 꾸미고 헤드라이트에 검정 마스카라를 달았다. 보기만 해도 빙그레 웃음이 나온다. 늘씬한 금발의 아가씨들이 네온 빛 선글라스를 나눠주며 자동차를 배경으로 같이 사진 찍기를 권한다. 얼떨결에 사진을 찍고 보니 쭉쭉 빵빵 모델 옆에 엉거주춤 서 있는 펑퍼짐한 아줌마, 누가 볼까 얼른 사진을 지웠다.

전시된 자동차들은 세월만 따지면 벌써 고물이 되었겠으나 차주의 각별한 관리 덕에 '고전'으로 부활하였다. 파라솔 아래서 담소를 나누고 있는 차주들의 얼굴은 자랑스러움으로 빛난다. 차에 대한 어떤 질문이라도 대답할 만반의 준비가 된 자신 있는 모습이다. 펄이 들어간 하늘색, 연두색, 복숭아색 등 유난히 고운 파스텔 색상이 많다. 원래의 고유한 빛깔인지 독특하게 개조한 후 새로운 색을 입혔는지 모르겠다. 애정으로 보살핀 흔적이 역력하다. 옛날 영화에서나 볼 수 있을 오래된 캐딜락, 재규어, 롤스로이스를 보니 과거로의 여행을 온 듯 행복하다.

내 차를 세차한 지 얼마나 되었더라. LA시의 절수 정책으로 집 앞에서의 세차도 눈치 보이는 요즘이다. 극심한 가뭄으로 자연의 빗줄기 샤워도 못한 지 오래다. 처음엔 빛나는 은색이 깔끔하고 까만 가죽시트로 제법 근사했었는데. 더운 바람이 나오는 시트에 뚫린 작은 구멍은 부주의로 흘린 음식 부스러기가 군데군데 허옇게 끼어 보기 싫다. 수영가방을 차에 두어 소독약 냄새가 난다. 세차장 가서 들이는 시간과 돈이 아깝다고 변명하지만, 결론은 게으른 내 탓이다.

홍보용 선글라스를 하나 얻은 후 시동을 거니, 이게 웬일인가. 시동이 걸리지 않는다. 계기판에 배터리 이상 표시가 뜬다. 배터리 방전이 처음이라 당황했다. 하필이면 보험회사 직원도 모두 퇴근한 토요일 오후다. 보험 카드에서 24시간 비상 전화번호를 찾아 연락하니 가까운 정비업소에서 사람을 보내주었다. 보닛을 열어보니 오랫동안 배터리 이상을 모르고 억지 운행한 결과 시퍼런 산(acid) 물질이 넘쳐흐른 것이 보인다. 점프케이블을 연결하여 간신히 시동을 걸고 정비업소에 가서 새 배터리로 갈았다. 배터리가 이 지경이 되었으면 여러 번 사인(sign)이 있었을 터인데 몰랐느냐고 의아해한다.

자동차보다 더 귀중한 내 몸을 소홀히 한 결과가 나왔다. 피검사에서 콜레스테롤 수치가 250이 넘게 나온 것이다. 200 아래를 유지해야 한다는 데, 최근의 폐경으로 인한 호르몬 변화 때문인가. 아니면 1~2년 덜 살더라도 맛있는 것을 포기하지 못하는 평소의 식습관 탓인가. 먹는 걸 좋아하고 의지가 약한 내가 운동과 식이요법으로 숫자를 낮출 수 있을까. 터진 배터리가 떠오르며 기분이 나빠진다. 여러 번 사인을 보냈어도 무시당하자 어쩔 수 없이 지친 배터리가 터져버렸듯이 지친 내 몸의 핏줄들이 어느 날 갑자기 터져버리는 것은 아닐까. 자동차 배터리처럼 새로 갈아 끼울 수도 없는데. 주인 잘 못 만난 자동차와 내 몸이 무슨 죄가 있으랴. 우선 세차장부터 가야겠다.

(미주 중앙일보 〈이 아침에〉 2017. 2. 10)

남편은 갱년기

내가 알기로 가장 고루한 직장인 은행에 수십 년 다니신 친정아버지는 집에 돌아오면 손 하나 까딱 안 하셨다. 전화벨이 아무리 울려도 절대로 받지 않아서 김치 버무리던 엄마가 손을 씻고 달려와 받을 정도였다. 물을 마시고 싶으면 안방이나 거실에서 "나 물 좀 주지."하며 부엌에 결코 들어가는 법은 없으셨다. 못 박기, 방바닥 니스칠, 가전제품 연결 등 다른 집 같으면 당연히 남자들이 하는 일을 엄마가 도맡아 하셨다.

그런 분위기에서 자란 나는 결혼하고 시댁 분위기에 깜짝 놀랐다. 민물 생선찌개를 좋아하는 시아버님은 낚시로 잡아도 오고 아는 분께 얻어도 오곤 했는데, "네 엄만 비린내 싫어해." 하며 손수 싱크대에서 다듬고 뒷정리도 말끔히 해 놓으셨다. 명절 때 송편이나 만두도 여자들은 재료 준비만 하면 되었고, 시아버님을 중심으로 사형제가 척척 빚어냈는데 한두 번 해 본 어설픈 흉내가 아니라 제대로 된 솜씨였다.

아들은 아버지를 닮는다는 말이 맞는지, 거실과 부엌의 경계가 불분명한 작은 아파트에 살던 신혼 초부터 남편은 부엌일을 잘 도와주었다. 같이 퇴근해서 집에 오면 내가 쌀 씻어 밥 안치고, 찌개나 국을 준비하는 동안 수저도 놓고 밑반찬도 꺼내놓고 설거지를 해주었다.

미국 온 후 남편의 하는 일은 더 광범위해졌다. 주말은 쉬고 휴가도 넉넉한 직장 생활하던 한국과는 달리 개인 비즈니스를 하여 항상 시간은 빠듯했다. 새로운 것에 대한 적응은 여자가 더 빠른지, 나는 가발과 미용 재료를 판매하는 일이 재미있었다. 이민 생활에서 경제적 자립도 중요하지만, 아이들이 배우는 데는 시기가 있다고 생각하여 다양한 기회를 주고 싶었다. 아이들이 싫다고만 안 하면 뭐든 가르치고 싶었다. 정명훈 어머니의 자서전을 읽고 혹시 우리 아이들에게 있을지 모를 음악적 천재성을 놓칠까 봐 피아노, 바이올린, 클라리넷을 가르쳤다. 올림픽에서 미셸 콴을 본 후로는 발레와 스케이트를 시켰다. 어린 미셸 콴을 가르친 코치가 집에서 15분 거리의 스케이트장에서 아직 레슨하는 것을 알고 우리가 얼마나 행운인가 하며 추위에 떨며 레슨을 지켜보곤 했다. 남편은 애들을 싣고 축구장과 수영장으로 바삐 다녀주었고 딸의 발레 머리를 나보다 훨씬 능숙하게 빗겨주곤 했다.

미국 온 지 6개월 만에 IMF가 터져 당시 한국에서 송금하는 돈에 의존해 살던 우리는 허리띠를 졸라매야 했는데, 그때 버릇이 남아서 아끼는 것이 습관이 되었다. 인건비 비싼 미국이니 남편은 자동으로 만능 핸디맨이자 조립공이 되었다. 나중에 형편이 좋아져 큰집으로 옮긴 후, 청소가 힘들어 청소부를 부르려 하면 남편은 먼저 청소기를 돌리며 내 입을 막곤 했다.

그러던 남편이 갑자기 집안일을 나 몰라라 한다. 올해 만으로 51세가 된 남편, 뜬금없이 로또라도 맞으면 나에게 다 주고 어디론가 떠나고 싶다고 한다. 생명보험도 하나 들어야겠다나. 황당하기도 하였으나 한편으론 이해도 된다. 짬짬이 가게에서 빠져나와 여러 가지 취미생활을 하는 나와는 달리, 가장으로서의 책임감 때문인지 자신을 위해선 취미 하나 갖지 않고 일과 가족을 위해 희생만 한 남편이다. 불경기 탓에 일도 힘들고, 아이들도 더 이상 품 안의 자식은 아니고, 고분고분하지 않은 마누라는 한마디도 지지 않는 피곤한 스타일이니, 이 남자가 매우 쓸쓸하고 외롭구나 하는 생각이 든다. 미국 온 후, 술 담배 모두 끊고 내성적인 성격 탓에 친구도 많이 없다. '무거운 짐을 나 홀로 지고 견디다 못해 쓰러질 때~~' 갑자기 찬송가 가사가 퍼뜩 떠오른다.

부부란 긴 상을 같이 들고 가는 사람이라는데, 이제 와 생각해 보니 나는 살짝 상을 드는 척만 하고 온갖 음식 차려진 무거운 긴 상을 슈퍼맨도 아닌 남편 혼자 감당케 했나 보다. 온갖 짐을 감당해 온 남편의 고생한 어깨를 토닥이며 위로해 주고 싶다.

고마웠다고, 이제 나눠 지자고.

슬픈 사람에겐 / 너무 큰 소리로 말하지 말아요. / 눈으로 전하고 /
가끔은 손잡아주고 / 들키지 않게 꾸준히 기도해 주어요.

갱년기가 왔는지 부쩍 우울해하는 남편을 보는 내게, 이해인 수
녀님의 이 시가 내게 반성문을 쓰게 한다.

코로나와 '지구 살리기'

독립해 나가 살던 아들아이가 집으로 들어오니 부부만 살 때와 달리 삼시 세끼 준비에 신경을 더 쓴다. 무엇을 식탁에 올릴까 하는 아이디어도 고갈되고 반복되는 집밥 메뉴에 싫증이 나면 식당을 이용한다. 점점 심해지는 코로나19로 캘리포니아 모든 식당의 실내외 식사는 금지되고 주문과 배달만 가능하니 식당하는 분들의 고충이 제일 클 터이다.

1년 동안 의류, 가방, 신발 등의 쇼핑은 거의 안 했지만, 근근이 연명하며 버티는 지역 식당을 살려야 한다며 당당히 음식을 배달시킨다. 음식 하나만 시켜도 따라오는 그릇 개수가 어마어마하고 용기도 스티로폼에서 견고한 플라스틱으로 업그레이드되었다. 한 번 쓰고 버리기엔 아까워 씻어두니 모아둔 플라스틱으로 밥상을 차릴 수도 있겠다. 미니멀리스트로 살겠다는 새해 결심은 애초 글러버렸다.

코로나로 수영장이 닫혀서 저녁 운동으로 동네를 걷는다. 쓰레기 버리는 날이면 집집마다 산더미같이 쌓인 온라인 쇼핑의 과도한 포장박스가 더는 놀랍지 않다. 자택 대기(stay-at-home) 행정명령이 나온 뒤 식료품까지 배달받는 가정이 늘어 더욱 심해졌다. 나의 요즘 유일한 쇼핑 장소인 식료품점과 코스트코에 가면 마스크와 장갑이 주차장 카트에 많이 버려져 있는데, 이기적 인간의 민낯을 보는 듯 부끄럽다.

팬데믹의 확산을 막기 위한 세계적 봉쇄 조치로 인간 활동이 줄면서 야생동물이 귀환하고 대기질이 개선되며 온실가스 배출량이 감소되는 등 자연이 회복되고 지구가 살아나고 있다는 반가운 기사를 읽었다. 코로나가 '생태계 복원'이라는 인류의 과제를 일깨워 주었다. 주변만 챙기기에도 많이 부족한 내가 환경문제에 관심 갖고 작은 실천이라도 하려는 것은 뜻밖의 수확이다. 말 나온 김에 행주 대신 쓰던 키친타올부터 없애고 일회용품 사용을 자제해서 쓰레기를 줄여야겠다.

오늘 산책 중 작은 책장을 만들어 집 앞에 놓은 이웃을 발견했다. 유리문을 달아 무슨 책이 있는지까지 보인다. 동네도서관도 닫힌 요즘, 이웃과 책을 나누려는 배려가 가뭄의 소낙비처럼 신선한 충격이다. 의자 두 개를 나란히 배치해 내용을 훑어보고 빌려 갈지 결정할 수 있게 했다. 어떤 동네는 식료품을 놓아두고 나눔을 실천하는 곳도 있다고 들었다. 'Every cloud has a silver lining' 아무리 힘들어도 희망은 있다는 말이 실감 나는 순간이다.

코로나가 인류의 지나친 과소비와 무분별한 개발에 지친 지구의 반격일 수 있다는 말에 동의한다. 백신으로 코로나19가 잡힌다고 하더라도 인간이 변하지 않는다면 또 다른 바이러스가 다시 공격할 수 있음을 명심하고 지구 살리기에 작은 힘이라도 더해야겠다. 이 우울한 인류의 재앙을 겪으며 특히 미국의 과잉 생산, 과잉 소비, 과잉 폐기의 사이클에 몸살을 앓는 지구의 아픔에 일조하지 않았나 반성해 본다. 무심히 내 손을 거쳐 버려진 쓰레기의 양만큼 내 양심의 가책도 무겁다.

백신이 나왔다니 어둡고 긴 터널의 끝이 보이는 듯싶어 기쁘다. 어서 내 차례가 와서 백신을 맞고 싶다.

(미주 중앙일보 〈이 아침에〉 2021. 1. 29)

철부지 유튜버와 '밀라노 할머니'

코로나19와 온라인 공룡 아마존 때문에 미용 재료상 운영이 점점 힘들지만, 가뭄에 단비 내리듯 폭풍 쇼핑으로 숨통을 틔워주는 손님들이 있다. 하루가 멀다고 속눈썹, 손톱, 메이크업, 가발, 붙임 머리 등을 사가니 이젠 말을 주고받을 정도로 친해졌다. 유튜버라면서 '구독'과 '좋아요'를 부탁한다. 화장이나 머리 손질법을 가르치며 많은 구독자를 거느려 제법 수익을 올리는 경우도 있지만, 구독자 몇백을 가까스로 넘긴 신출내기가 대부분이다.

나이가 갓 스물이나 되었을까 아직 볼살이 통통한 앳된 얼굴인데 영상을 찾아보면 과한 화장과 자극적인 옷차림으로 눈살을 찌푸리게 된다. 채널을 개설하고 인기 유튜버가 되는 것은 하늘의 별 따기며 그것을 유지하려면 일상을 온통 헌신해야 할 텐데. 선정적 일상의 블로그를 올려 구독자와 조회수를 일시적으로 늘릴 수는 있겠지만 특별한 콘텐츠 없이 오래 버틸 수 있을까. 인생에 자동문 열리듯 스르르, 저 혼자 해결되는 일이 있던가. 채널 운영으로 큰돈을 벌겠다는 허황한 꿈을 꾸다가 포기할 경우가 다반사일 것이다. 대박을 바라는 철없는 딸을 말리기는커녕 응원하는 그녀의 엄마는 정부에서 실업수당으로 받은 데빗 카드를 선뜻 내민다. 매상을 올려주는 것이 마냥 반가울 수 없는 불편함이 있다.

내 아이가 유튜버를 한다고 하면 어땠을까. 실패를 두려워하지 않고 도전해 보는 것 자체는 멋지지만, 뜬구름 잡는 소리 하냐고 야단이나 쳤겠지. 나름 오픈 마인드를 가졌다고 믿었는데 나도 '라테'를 소환하는 꼰대 기질이 있나 보다. 새로운 것을 시도해야 늙지 않는다는데 나이듦의 징조가 보인다. 각성이 필요하다.

쓰나미처럼 밀려오는 영상물 속에서 알곡과 쭉정이를 고르기도 힘들어 시간 낭비라는 생각을 많이 했다. 알고리즘으로 추천되는 영상을 보다 '밀라노 할머니'를 찾았다. 패션 관련 일을 오래 한 분인데 "제 채널을 보는 여러분의 시간이 헛되지 않도록 제가 좀 더 노력할게요"라며 후배 세대에게 삶의 지혜를 전한다. 좋은 영향력을 끼치는 멋쟁이다. 나보다 열 살 연상인 그녀를 보며 무엇을 새로 시작하기에 내 나이가 늦었다고 생각한 것을 반성했다. 내가 만일 유튜버를 한다면 무엇을 할 수 있을까. 뿌리고 열심히 가꾸지 않은 사람은 가을이 와도 수확할 것이 없다던데, 부끄럽다.

팬데믹으로 헬스클럽이 문을 닫아 영상을 보면서 산책하는 것이 일상이 되었다. 혼자 걸어도 누구랑 함께 걷는 느낌이라 지루하지 않다. 남편도 집 안팎의 소소한 수리는 기술자를 부르는 대신 유튜브를 본다. 최근에는 작동이 멈춘 냉난방 조절기를 고쳐 먹통이 된 에어컨을 켤 수 있었다.

자신의 지식을 센스 있는 자막과 편집으로 쉽게 전달하는 유튜버들을 보면 부럽다. 돈을 벌려는 마음을 내려놓고 자기가 좋아해서 잘할 자신 있는 것을 콘텐츠로 만들고 발전시키면 돈은 부수적으로 따라오기 마련 아닐까. 이리저리 표류하더라도 방향키를 놓치지 않는다면 잘 다듬은 보석처럼 빛나는 그날이 오지 않겠는가.

시원하고 상쾌한 바야흐로 '등화가친'의 계절이다. 독서하며 나 자신에게 침잠하기에 가을만 한 계절도 없다. 개미지옥처럼 빠져 허우적거리던 유튜브에서 벗어나 그동안 미뤄두었던 책 읽기를 해야겠다.

(미주 중앙일보 〈이 아침에〉 2020. 10. 28)

2
*
엄마의 오래된 인연

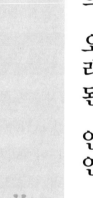

조금씩 놓아주기

아기 때 말이 좀 느렸던 것을 빼놓곤 한 번도 기대를 저버린 적 없던 아들이었다. 말문이 터지고 청산유수로 능청스레 말을 잘하는 것을 보고 '아, 이 아이가 자존심 강한 완벽주의자라서 그동안 말을 아꼈구나' 하며, 대부분의 엄마가 그러하듯 내 아이가 영재일 거라고 착각하며 살았다. 착실히 공부 잘하고, 운동과 음악에도 뛰어나 특별한 재주 없는 내게 웬 축복의 과분한 아이인가 하며 감사했었다. 굳이 흠을 찾자면 수줍은 성격이라는 것인데, 그것도 차분하고 진중하여 그런가 보다 하며 좋게만 보려 했다. 한마디로 콩깍지가 더블로 쓴 것이었다.

고등학생이 되면서 생일 선물 겸 고등학교 입학 기념으로 공부방을 새로 꾸며주며 컴퓨터를 방에 들여와 주었는데, 이것이 큰 실수였음을 깨닫는 데 1년이나 걸렸다. 아이를 너무 믿었던 것이 탈이었나 보다. 대부분 시간을 책보다는 방문 꼭 닫고서 게임과 채팅으로 보내더니 10학년 올라가 AP 과목이 많아지면서 성적이 눈에 띄게 떨어졌다. 간식 가져다주는 것을 핑계로 불쑥 아이 방에 들어가면 움찔하며 얼른 컴퓨터 스크린을 바꾸는 아이를 본다. 그러면 어른처럼 의젓하게 타이르진 못하고, '네가 지금 게임이나 하고 채팅으로 노닥거릴 때냐'고 소리를 꽥 지르게 된다. 자식을 믿지 못하는 엄마와 슬슬 눈치나 보며 요령이나 피우려는 자식 간에 갈등의 골이 점점 깊어졌다. 공부에 집중해야 하니 당장 크로스 컨츄리 달리기와 오케스트라를 그만두라는 나의 요구는 콧등으로도 안 듣고 예민한 사춘기와 겹쳐서 제 부모 무시하는 듯한 말투와 찡그린 얼굴로 내 속을 긁었다.

다수의 이민가정이 그러하듯 우리 부부도 전공과 무관한 스몰비즈니스를 하면서 아이들 교육에 모든 걸 건 양 정성을 다해 왔다. 특히나 남편은 자신을 위해선 취미 하나 갖지 않고 모든 생활을 철저히 아이들 위주로만 했다. 드러내 놓고 말은 안 했으나 은연중에 부모는 체면 다 버리고 고생하니 너희도 너희의 할 도리를 해야 한다고 강요했나 보다. 칭찬에는 인색했으며 주변의 특별히 뛰어난 아이들과 비교나 일삼으며 아이를 질식게 했을지도 모른다. 아이들 자신의 행복보다는 남 보기에 자랑스러운 아이 키우기에 전념하고, 자식 농사 잘 지었다는 칭찬을 듣고자 했다.

나이 들어 이민 와서 겪어야 했던 열등감, 답답함, 억눌림을 아이들을 위해 희생한다고 생각하며 그에 대한 보상을 아이들에게 원했다.

아이에게 심하진 않으나 한쪽 눈을 찡긋대는 틱장애가 생겼다. 의사 선생님께 의논하니 예민해서 그러니 칭찬을 많이 하고 항상 긍정적인 말을 해주라 한다. 칭찬은 고래도 춤추게 한다지만 컴퓨터 게임과 채팅에 빠져 학교 성적 망쳐놓은 아이를 칭찬하기는 힘들었다. 어쨌든 틱이 생긴 것이 나의 탓 같아서 죄책감이 들었다. 아들에게 원래부터 엄하던 남편과 아들 간의 불편한 관계도 보기 힘들었다. 부담스러운 부모의 과도한 기대에서 벗어나 숨통을 틔워 주어야 했다. SAT 준비를 해야 하는 10학년 여름방학이지만 시험 준비보다 아이에게 필요한 것은 스스로 공부하려는 마음가짐과 자신감일 것이다. 부모와 자식 간에 무너진 신뢰의 회복도 급했다. 궁리 끝에 서로 좀 떨어져 있어야 할 듯하여, 다른 주의 대학 섬머 캠프를 생각했다. 아이도 집을 떠나있고 싶었는지 좋아하며 여러 학교를 알아본 뒤 미주리주의 세인트루이스로 가기로 하였다. 혼자 집 떠나있으면서 여러 가지 긍정적인 자극을 받아 미래 설계에 보탬이 되고 가족의 소중함과 고마움도 느끼게 되기를 바랐다. 아직 어린 나이지만 혼자 비행기를 태워 보내니 아이는 긴장했는지 코피까지 쏟았다. 어쨌든 잘 도착해서 택시 타고 기숙사로 가는 길이라며 달랑 전화 한 통이 왔다. 그 후로는 매번 내 쪽에서 먼저 전화하고 전화 안 받으면 메시지 남겨서야 겨우 리턴콜을 받곤 하였다.

일주일이 지난 후 방학으로 집에 와 있던 큰딸이 Facebook에 아들애 사진이 올라왔다며 보여주는데, 한마디로 기가 막혔다. 아이의 독립적 성숙을 기대하며 조용한 시골 분위기의 학교에서 컴퓨터를 끊고 공부에 몰두해 주길 바랐는데, 새로 사귄 중국 여자 친구와 찍은 갖가지 다정한 포즈의 사진들은 심장이 멈출 것 같은 충격이었다. 미시시피강 강가에서 카약 타느라 싱글벙글하며 노 젓는 모습, 그 여자애 방이 분명한 빨강 하트 무늬 침대에 비스듬히 누워 있는 모습, 손잡고 둘이 산책하는 모습 등, 아주 좋아 죽는다. 집에서 항상 보았던 찡그린 모습은 어디에도 없었다. 그야말로 엔조이 섬머였다. 5주 동안 부지런히 새 사진이 올라와 더는 아무것도 궁금치 않아 전화할 필요도 없었다.

착실하던 고교생 아이가 여자애 사귀어 임신, 출산하여 학교도 그만두고 육아와 돈벌이 아르바이트로 고생하는 내용의 드라마를 라이프타임 채널에서 수년 전 보았던 기억도 나고, '혹시나'하는 방정맞은 생각도 났다. 그러고 보니 공부 타령이나 했었지, 아이에게 성교육을 시킨 적은 없었다. 항상 어린애로만 생각했었는데, 너무나 당황스러웠다. 중국 사위는 괜찮아도 중국 며느리는 영 아니라던데. 사진을 자세히 보니 귀여운 얼굴이기는 한데 손톱도 하고 화장도 하여 나이는 우리 애보다 훨씬 더 들어 보였다. 어느 이른 아침 아이가 먼저 전화했길래 반갑게 받으니, ATM에서 돈을 찾으려는데 세이빙에서 뽑나, 체킹에서 뽑나를 묻는다. 현금도 내 딴에는 넉넉히 주었건만, 둘이서 실반지라도 나눠 끼웠나 의심을 해보며 내가 또 오버하지 싶어 피식 웃었다.

집에 돌아온 아이가 오자마자 웹캠 설치에 바쁘다. 집에 있는 것을 왜 샀느냐 물으니 선물 받은 것이란다. 침대 머리맡에 봉제 기린

인형이 놓이고 실반지 대신 팔목엔 가죽 매듭 팔찌를 했는데 한시도 빼질 않는다. 흥분하여 지난 5주 동안의 일을 얘기하는데 명랑해졌으며 적어도 틱장애는 없어진 듯하다.

목사님이 설교에서 '아무것도 염려하지 말고 오직 모든 일에 기도와 간구로, 너희 구할 것을 감사함으로 하나님께 아뢰라. 그리하면 모든 지각에 뛰어난 하나님의 평강이 그리스도 예수 안에서 너희 마음과 생각을 지키시리라' 구절을 인용하셨다. 아이에 대한 염려와 근심이 가득하여 그런지 나일론 신자인 내게도 너무나 가슴에 와닿아 금방 성경 구절이 외워졌다. 지극히 평범한 아이에게 나의 욕심으로 과도한 기대를 하여 많은 스트레스를 주었다. 이유기가 벌써 끝난 아이를 언제까지나 젖먹이처럼 마냥 손을 꼭 잡고 놓아주지 않으려 했다. 어느 책 제목처럼 『참으로 소중하기에… 조금씩 놓아주기』가 필요한 때이다.

다친 달팽이를 보게 되거든

 불그죽죽한 비로도 커튼이 에어컨 바람에 펄럭인다. 지금은 찾아보기조차 힘든 벽걸이 에어컨, 골드스타 상표이다. 금성, 메이드인 코리아를 다른 곳에서 보았으면 반가웠겠지만, 딸이 두 명의 룸메이트와 함께 사는 맨해튼 변두리 아파트 벽에 걸린 그것은 낡고 초라하기만 하다.

 가구라고는 바닥에 세 개의 서랍이 달린 일인용 침대와 책상이 전부이지만, 내가 가져간 두 개의 트렁크를 들여놓으니 간신히 한 사람이 누울 수 있는 자리만 남는다. 행거에 걸려있는 옷가지와 구두 박스 위에 위태롭게 올려놓은 전신 거울로 방의 주인이 여자라는 걸 간신히 짐작할 수 있다. 또래 여자아이 방에서 느낄 수 있는 아기자기함이나 화사함은 없다. 집에서 멀지 않은 기차역에서 들리는 경적과 곧 수명을 다할 듯 숨찬 에어컨 소리가 신경을 거스른다.

 방 두 개에 화장실 하나인 아파트를 세 명이 쓴다. 거실까지 커튼으로 가리고 방으로 사용하여 한낮에도 복도의 불을 켜야 사물을 식별할 수 있다. 시트콤 〈프렌즈〉를 보고 막연히 상상했던 뉴욕 생활과는 거리가 멀다. 6개월 만에 본 딸아이는 대범하고 씩씩하다.

"뉴욕은 많이 이렇게 살아." 엉거주춤 서 있는 내게 말하며 트렁크를 클로젯에 치운다. 엘리베이터가 없어도 계단 몇 개만 올라오면 되는 1층이고, 한 블록만 걸어가면 바로 빨래하는 곳이 있으니, 운이 좋았단다. 종점이라 퇴근할 때 졸면서 와도 내릴 곳을 지나칠 염려 없고, 방세에 전기료가 포함돼 있어 무덥고 끈끈한 뉴욕의 여름에 에어컨을 마음껏 틀 수 있는 것도 이곳의 장점이란다.

수십 년은 족히 되었을 이 집의 목욕탕 천장은 습기로 군데군데 칠이 떨어져 나가고 시커먼 곰팡이가 피기 시작했다. 집을 구할 때 보았던 인터넷 사진에서는 샤워 커튼에 가려져 안 보이던 부분이다.

"셋이 쓰려면 붐비지 않아?"

"나가는 시간이 다 틀려서 괜찮아."

딸이 어려서부터 인내심 하나는 끝내주더니 역시 잘 참는다.

냉동 칸을 여니 정체 모를 검은 봉투가 바닥에 떨어진다. 70년대도 아닌데 성에가 많이 끼어있다. 된장찌개를 끓이고 LA에서 가져간 반찬으로 룸메이트를 불러 같이 밥을 먹었다.

"집밥 오랜만이에요. 침대 좁을 텐데, 제가 따님이랑 같이 잘 터이니 어머니 혼자 편히 주무세요."

부산에서 왔다는 아가씨의 애교 있는 사투리와 붙임성이 정겹다.

지금의 딸아이 나이였을 때, 나는 엄마가 해주는 밥 편히 먹고 다니면서도 늦잠을 자서 걸핏하면 택시 타고 출근하기 일쑤였지. 사무실 근처 명동의 백화점에서 옷이나 가방 따위를 신용카드 할부로 사들이곤 하지 않았던가. 계약직이어서 아직은 생활이 빠듯할 것이다. 더구나 살인적 물가라는 뉴욕에서 부모에게 손 한번 안 벌린다. 맨해튼 중심부 직장까지 거의 두 시간을 출퇴근에 빼앗기며 꿋꿋하게 객지 생활하는 아이가 기특하고 안쓰러워 눈물이 핑 돈다.

"가능하면 짐 안 늘리려고. 여기서 오래 안 살 거야." 더 나은 직장으로 곧 옮기겠단 말인가. 제발 그리되기를 빌어본다. 다음날 아이가 출근한 후 코인 라운드리에 들러 빨래를 세탁기에 넣어놓고 동네 가게에서 주꾸미와 호박, 양파, 딸기를 샀다. 차가 없으니 이것저것 많이 사서 냉장고에 넣어놓고 싶은데 세탁물도 찾아 걸어서 가야 하니 그럴 수가 없다.

잡초 하나 자라지 않는 척박한 모래땅이나 물이 고이지 않는 산비탈에 심은 포도나무가 더 당도 높은 포도 열매를 맺는다고 한다. 지금 고생을 사서 하는 것처럼 보일지라도 딸아이의 의견을 존중해 주고 믿으며 조바심 내지 말아야겠다. 삶은 어차피 혼자 걷는 길, 걷다가 넘어지더라도 훌훌 털고 일어나서 묵묵히 걸어야 하니까. 누구도 대신해 줄 수는 없으니까.

다친 달팽이를 보게 되거든 도우려 들지 마라
그 스스로 궁지에서 벗어날 것이다.
더 빨리 흐르라고 강물의 등을 떠밀지 마라.

강물은 나름대로 최선을 다 하고 있는 것이다.

-쟝 루슬로의 시 <다친 달팽이를 보게 되거든> 일부

아이가 어려서 빠릿빠릿하지 못하다며 달팽이라고 놀리곤 했었는데, 우연히 읽은 시 한 구절이 딸에게 다녀온 후 심란해진 나를 위로한다.

반성문

비눗갑을 닦는다. 솔로 박박 문지르니 원래의 고운 분홍빛이 살아난다. 세면대 위 거울 속에는 걱정을 털어내려고 손을 바삐 움직이는 낯익은 여자가 나를 바라본다. 십 년 넘게 가게를 하면서 화장실 청소를 한 기억이 없다. 내친김에 세제를 풀어 변기를 닦고 물을 세차게 거푸 내렸다. 남편은 이민 와서 내게 가게 일 시키는 것이 미안하다고 했다. 화장실 청소는 당연히 자기 몫이라고 했고 나도 그러려니 했다.

베개를 여러 개 겹쳐서 잘 때 눈치챘어야 했는데, 내가 무심했다. 내일 위내시경 검사를 예약했으니 금식해야 한다며 물도 못 마셨다. 속이 쓰려 주치의에게 약 처방을 받았는데 약 먹을 동안엔 괜찮다가 약을 끊으면 증세가 더 심해지니 위장 내과에 가서 내시경검사를 받으라고 했단다. 병원에 간 남편 대신 아침 일찍 나와 가게를 열었다. 혹시라도 위암이면 어쩌나 하는 방정맞은 생각을 지우려는 듯

바쁘게 움직였다. 아이들이 아직 제 앞가림을 할 나이도 아니고 막말로 남편은 생명보험도 없지 않은가. 결국, 혼자 책임을 떠맡게 될지도 모를 내 걱정이다.

의료보험이 있어도 비싼 자기부담금 때문에 병원 문턱이 높다지만 아픈 것을 참고 끙끙대다가 병을 키우면 어쩌려고 그랬나 생각하니 화가 났다. 다행히 나이 들며 위와 식도를 연결하는 괄약근이 느슨해져서 생긴 위산 역류라는 진단을 받았다. 5, 60대 성인 열 명 중 한 명이 앓고 있을 정도로 흔한 질환이라는 말에 안심하다가, 관리 소홀로 식도에 염증이라도 생기면 식도암으로까지 발전될 수 있다고 하니 겁이 난다. 의사가 크리넥스나 화장지나 닦는 건 마찬가지라며 비싼 처방 약 대신 오버-더-카운터 약을 권했다고 한다. 하기야 의사는 심각한 환자를 많이 보아 위산 역류쯤이야 아무것도 아니겠지만. 병에 대한 그의 가벼운 태도가 환자를 안심시키는 듯하여 위로되었다.

아이 중심으로 살다가 아이들이 직장과 학교로 떠나니 빈 둥지에 남은 어미 새 마냥 처량하고 적응이 어렵다. "같은 사람과 너무 오래 살았나 봐." 농담조로 말하지만 나이 들면서 호르몬의 변화로 갱년기가 오는지 남편의 잔소리가 많아졌다. 지적질의 대마왕이라고 별명을 지어주고 싶을 정도로 내게 대한 불만과 지적이 습관이 된듯하다. 뭐든지 "그래 네가 옳다." 하던 천사 같은 남편이 더는 아니다.

힘들어도 힘들다는 소리 못하는 가장의 입장이 위에서 신물을 올라오게 했을까. 머물러야 하는 곳을 떠난 위산은 식도를 할퀴고 상처를 남기겠지. 언어와 문화의 이질감 속에서, 하루하루를 전쟁 치르듯 치열하게 살아 내야 하는 이민의 삶. 가장으로 열심히 살았지만, 어느새 품을 떠난 아이들, 고분고분하지 않은 마누라, 가슴속은 텅 비어 가는 느낌이었겠지. 끝 모를 불황의 긴 터널 속을 헤매며 상처받고 깨진 마음을 내가 위로해야겠지.

몇 달 전 중국 시안을 여행하며 〈장한가〉 공연을 보았는데, 가이드가 설명해 준 비익조라는 전설상의 새가 기억에 남는다. 암수의 눈과 날개가 하나씩이라 둘이 한 몸이 되어야 날 수 있다는 새이다. 당 현종과 양귀비가 비익조가 되어 하늘을 나는 장면이 장예모 감독의 뛰어난 연출로 돋보이는 무대였다. 말에 항상 토 달고 깐죽대기 잘한다고 '깐죽이'로 불리던 내가 비익조같이 남은 생을 살자고 하면 놀라겠지. 우선 위산 역류에 좋다는 양배추나 사러 가야겠다.

차에 받히고 개에 물리고

빨강 신호등이 바뀌길 기다리던 중 뒤차가 내 차 후미를 받았다. 아직 임시 번호판인 새 차의 페인트가 벗겨지고 범퍼가 찌그러졌다. 화장을 고치거나 스마트폰을 들여다보며 한눈을 팔다가 사고를 냈을까. 내 잘못이 없으니 상대 보험으로 해결되겠지만 짜증이 났다.

바로 옆 주유소로 차를 옮기고 보험증을 교환하자고 말했다. 고개를 끄덕이더니 신호등이 파란불로 바뀌자마자 쌩하고 달아나 버렸다. 정말 눈 깜짝할 사이에 황당한 일을 당했다. 갑자기 가해자가 사라졌으니 어디다 호소해야 하나, 온몸의 기운이 빠지고 정신이 멍해졌다. 그나마 짧은 순간에 내가 자동차 번호를 외운 것은 기적이다.

초보 운전인 아들아이가 부담 없으라고 내가 쓰던 차를 주고 새 차를 뽑았다. 차 한 대가 늘고 20대 아이가 추가되니 보험료가 많이 올랐다. 저렴한 보험료를 찾다가 에이전트 없이 온라인으로 운영하는 G사로 보험을 옮겼다. '한국어가 통하는 에이전트가 없어 불편하겠지만 사고가 나겠어?' 하며 보험을 바꿨는데, 이런 일이 바로 생겼다.

새 차를 찌그러트린 것도 화나는 일인데 뺑소니까지 치다니 괘씸했다. 911로 신고하니 캘리포니아 고속도로 순찰대(California Highway Patrol)가 왔다. 학창 시절 즐겨보던 미국 드라마 '기동순찰대'의 멋진 오토바이와 유니폼이 생각난다. 상황설명을 하고 기억나는 대로 그녀의 인상착의와 차량 번호를 주며 생애 처음 경찰리포트를 했다. 오래전 노란불에서 억지로 좌회전하다가 CHP에게 걸렸을 때는 아무것도 눈에 안 들어왔는데 역시 지은 죄가 없으니, 여유가 생긴다.

내 보험사는 차 번호로 상대방과 상대방 보험사를 찾았다. 보험도 있으면서 왜 그랬을까. 약물 운전인가. 내가 차 번호를 외울 거란 생각은 못 했겠지. 순간을 모면하려고 현장에서 도망쳐 Hit & Run 기록을 갖게 되었으니 어리석다.

등산 갔다가 목줄 없이 달려드는 개한테 물린 일이 있었다. 다행히 같이 산행한 분이 소독약이 있어서 응급처치를 받고 항생제를 얻어 왔다. 불도그처럼 양 볼이 늘어진 근육질의 개였는데 그 후로 개만 보면 움츠러드는 트라우마가 생겼다. 순진하게 개 주인의 전화번호만 받고 헤어진 것이 실수였다. 전화를 여러 차례 걸었지만 안 받았다. 광견병 주사 여부를 묻고 등산바지 찢어진 것과 파상풍 주사 맞은 돈을 보상해 달라고 텍스트를 보냈지만, 무시당했다.

또 다른 의미의 뺑소니, 양심 불량이다. 찾아보니 공공장소에서는 6피트를 넘지 않는 목줄을 꼭 해야 하는 법이 있다. 반려견을 키울 때는 그에 따르는 법을 지키고 타인의 안전을 위협하지 말아야 하겠다.

사람이나 개나 나를 얕보나 본데 좀 독해 보이는 스모키 메이크업이라도 해야 하려나.

(미주 중앙일보 〈이 아침에〉 2019. 11. 13)

빈 둥지 부부의 식생활

내가 일하는 근처에는 점심을 먹을 식당이 마땅치 않아 매일 도시락을 싼다. 혼자인 아침 시간을 느긋하게 즐기며 여유를 부리다 반찬을 만드니 어느새 출근 시간이다. 뒷정리를 못 하고 집을 나선다.

저녁 식사 후에도 내가 스포츠센터에 운동하러 가는 동안 남편은 설거지한다. 아침은 오트밀이나 과일을 간단히 먹고 점심, 저녁 두 끼는 내가 하니 설거지는 그가 하는 거로 몇 년째 역할 분담을 해왔다.

어느 날 남편이 두 명 사는데 설거짓거리가 많다며 불평이다. 남자는 시금치나물 한 가지 만들 때도 데치는 냄비, 무치는 대접, 담을 접시, 세 가지 종류의 식기가 필요한 것을 모른다. 도시락 반찬통은 뚜껑까지 있다는 것을 설명하며 이해시키기는 번거롭다.

'오늘은 또 뭐 해 먹나?'의 아이디어도 고갈되고 갱년기의 귀차니즘도 맞물려 어떡하면 한 끼 때우나를 궁리한다. '세상에서 가장 맛있는 밥은 남이 해준 밥이라는 말이 공감되는 요즘이다. 노랗게 꽃이 핀 브로콜리나 좀처럼 시들지 않는 비트도 말라버린 채 냉장고 구석에서 나온다. 둘만 있으니 많이 먹지 못해 장을 봐서 해 먹는 비용보다 외식하는 것이 더 저렴하고 설거지의 수고도 없다며 외식을 꺼리는 남편을 설득한다. 맛집을 검색하면 불경기 탓인지 쿠폰도 많이 있다. 평소에 시키지 않던 애피타이저와 디저트를 공짜로 먹거나, 한 가지 메뉴와 음료 두 잔을 시키면 두 번째 메뉴는 공짜 또는 반값에 제공 받기도 한다. 안 가 본 식당을 순례하며 데이트하는 기분이 드는 것은 덤이다.

아무리 맛있어도 외식은 질리게 마련이고 손님을 끌기 위해 자극적인 양념을 쓰니 과도한 나트륨 섭취가 염려된다. 건강이 걱정돼서 밀키트(Meal Kit)를 신청해 보았다. 매주 업데이트되는 여러 가지 메뉴 중 원하는 것을 선택하면 식재료와 레시피를 배달해 주어 집에서 요리해 먹는 방식이다. 재료와 포장은 기대 이상으로 훌륭하다.

풀을 먹여 키운 고기, 유전자를 변형하지 않은(NON-GMO) 농산물, 유기농 스티커가 붙어있다. 두 사람 식사 총 여섯 끼에 60달러이고 첫 주문은 30달러 디스카운트가 되어 간단한 셈법으로도 5달러에 한 끼가 해결된다. 두 번째부터는 일 인당 10달러, 순두부 한 그릇도 15달러인 요즘 물가로 보면 남는 장사이다. 현지 농장의 최상급 재료가 중간상인을 배제한 합리적인 가격에 제공되며 꼭 필요한 양이 배달되므로 음식쓰레기도 안 생긴다고 광고한다.

스텝 바이 스텝의 요리법 설명이라 초보자도 쉽게 따라 할 수 있다. 특별한 양념의 중동식 닭고기, 셀러리와 방울양배추가 들어간 스파게티 조리법도 새로 배웠다. 남편과 같이 요리하는 시간도 재미 있는 특별한 경험이었다. 하지만 구수한 된장찌개와 얼큰한 김치찌 개 없이 못 사는 토종 입맛 때문에 밀키트를 매일 먹을 수는 없다.

아이들과 같이 살 때는 음식 준비에 공을 많이 들였다. 먹는 것을 챙기는 것이 내 역할이려니 했다. 한국 마켓과 미국 마켓을 두루 다니며 장보고 재료를 다듬어 음식 만드는 것을 수고라고 생각하지 않았다. 부부만 남아 부엌일이 훨씬 수월해진 요즘, 너무 편하게만 살려고 요령과 게으름을 피웠다. 세상에서 가장 맛있는 밥은 건강에 도 좋고 질리지 않는 '아내의 집밥'이라는 남편을 위해 한 시간만 더 일찍 일어나자. 부지런해지자.

(미주 중앙일보 〈이 아침에〉 2018. 3. 5)

엄마의 오래된 인연

친정아버지가 소천하셔서 한국을 방문했다가 오래된 흑백사진을 찾았다. 엄마는 삼선교 한옥에서 신혼생활을 시작하고 의대생 두 명에게 문간방을 세놓았다고 한다. 지금의 내 딸보다 훨씬 어린 앳된 새댁인 엄마가 두루마기를 곱게 차려입고 졸업식에 참석한 사진이다. 군의관을 마친 두 분은 미국으로 유학하러 가고 항공우편으로 얼마 동안 소식을 전하다가 우리 가족이 삼선교를 떠나며 연락이 끊겼다고 한다.

쾌활, 씩씩하던 엄마는 아버지 없는 집에서 유튜브나 보며 대부분 시간을 보낸다. 아버지의 빈자리를 유튜브가 채우니 다행이랄까. 스마트폰 사용법을 여러 차례 가르쳐 드려도 소용이 없더니 '임영웅' 팬이 되며 전화기 사용이 능숙해졌다. 쪼그라든 이 노인이 빛바랜 사진 속 어여쁜 새댁이라니, 세월이 야속하다.

60년이 다 되어가니 미국에서 자리 잡고 잘 살겠지, 엄마가 궁금해하신다. 내가 두 분을 인터넷으로 찾아볼까, 하니 엄마가 활짝 웃었다. 멀리 살아 항상 걱정만 끼치는 아픈 손가락인 내가 엄마 인생 갈피에 기분 좋은 추억 하나 만들어 드리고 싶었다.

나는 30년 동안 소식이 끊긴 친구를 구글로 찾아서 반갑게 만난 경험이 있다. 이름과 나이, 출신학교, 직업으로 두 분을 찾아보았다.

"60년 전 삼선교에서 자취하실 때 집주인 젊은 부부가 제 부모님이세요. 아버지가 소천하시고 사진을 정리하다가 두 분 사진을 찾았습니다. 엄마가 궁금해하셔서 제가 전화번호를 찾아 연락드려 봅니다."

메릴랜드와 테네시에 살고 계신 두 분과 통화가 되고 엄마가 미국에 오시기로 했다. 〈사랑방 손님과 어머니〉의 옥희보다 훨씬 어린 아기였던 나와 당시 태어나지도 않은 동생이 동행하기로 했다. 두 분을 만난다는 기대만으로도 엄마는 활기를 찾으셨다. 중부시장에 가서 멸치, 북어, 김 등의 건어물을 사고 명란젓을 홈쇼핑에 주문하셨다. 알록달록 고운 수세미 뜨기도 시작했다.

메릴랜드에서 80세가 넘은 연세에도 현역 정신과 의사인 K선생님은 한인사회에서 정신건강 강연으로 이미 유명인사였다. 골프장이 시원하게 보이는 호텔 방을 잡아주고 이틀 동안 극진한 대접을 받았다. 방학으로 집에 가 있는 동안 방세를 면제해 준 일, 화폐개혁으로 쌀을 못 사 먹을 때 엄마가 쌀을 준 일이 고마웠다고 하셨다. 가난하고 힘들던 시절이지만 마음이 따스해지는 훈훈한 추억담은 물자가 흔한 요즘보다 많으니 아이러니하다. "충청도 시골 출신이 이 정도 성공했으니 만족합니다."라는 K선생님의 긍정적 마음가짐이 행복의 비결인 듯하다.

마침 자녀들을 방문하러 LA에 오시는 테네시의 H선생님 부부까지 만나기 위해 엄마는 나와 LA로 오셨다. 엄마의 졸업선물인 미제 면도기를 미국에 가져와 오래도록 사용했다고 말씀하시며 엄마와 내 선물을 챙겨오셨다. 작년에 은퇴 후 아프리카 선교에 힘쓰고 계신단다. 하루 동안의 짧은 만남이 아쉬웠으나 남가주로 이사를 계획하신다니 훗날을 기약했다.

오랫동안 한 분야에서 전문인의 삶을 살며 한국인의 성실과 끈기를 알리며 민간외교를 톡톡히 하신 두 분이다. 구글 덕분에 멋진 인생 선배 두 분을 만났다. 한국을 방문했을 때 두 분 모두 삼선교 옛집을 방문했다 하니 나도 다음번 한국 여행 때 찾아가 보려 한다.

60년의 세월을 뛰어넘어 엄마의 오랜 인연을 찾아 두 분을 만난 것이 기적 같다. 엄마의 기뻐하는 모습을 보니 오랜만에 효도를 한 기분이다. 인터넷을 통한 개인정보 유출이 악용되기도 하지만, 옛날을 추억하고 미래를 기약하는 훈훈한 만남을 가지니 인터넷의 순기능이 고맙다.

(미주 중앙일보 〈이 아침에〉 2022. 11. 20)

뒤늦은 사과

친정엄마의 전화를 받았다. 막냇삼촌의 외아들이 목사안수를 받고 개척교회를 시작했단다. 오랫동안 내 가슴을 누르던 묵직한 돌덩이가 치워진 느낌이다. 엄마는 신혼 초부터 여중생이던 고모를 떠맡아 약대에 보내고 결혼시킬 때까지 십여 년 시누이 시집살이를 했다. 게다가 큰아버지의 부도를 막느라 집을 파는 등 시집과는 앙금이 많았다. 평택 선산에 당신의 묏자리가 있어도 죽어서까지 최 씨와 나란히 누워있기 싫다고 농담처럼 말씀하곤 했으나 나이 들며 시집 식구들과 화해하고 가끔 소식을 전하신다.

평택은 이제 시로 승격하였지만 내가 어릴 때 만해도 시외버스를 두 번씩 갈아타고 비포장도로를 덜컹거리며 가야 했다. 버스는 정거장마다 서며 농부들의 짐을 실어 나르는 역할도 했기에 도착시간을 가늠키 어려웠다.

명절이면 하루 일찍 가서 고릿한 메주 냄새가 나는 방에서 며칠을 자야 했는데, 서울에서만 자란 내게 그것은 참기 힘든 고역이었다. 만석꾼으로 불리던 친할아버지는 땅 욕심과 함께 자식 욕심도 많아 아홉 자녀를 두었다. 막내인 승현이 삼촌은 어려서 뇌성마비를 앓았다. 태어날 때 시골에서 산파 잘못으로 뇌에 산소가 부족해져서 운동기능이 떨어지게 되었지만, 지능은 정상이라고 들었다.

마당의 분주한 소리에 잠을 깬다. 제대 후 농사일을 거들던 셋째 삼촌은 작두로 짚을 썰어 김이 펄펄 나는 무쇠솥에 연신 넣어가며 쇠죽을 쑨다. 할머니는 마당의 우물가에 앉아 갓 잡은 닭의 털을 뽑고, 주변엔 목숨을 부지한 여러 마리 닭이 파닥거리며 바삐 돌아다닌다.

막냇삼촌은 집에서 만든 유과와 엿, 그리고 아직 붉게 물들기 전 연둣빛 아삭한 대추를 내게 챙겨주었다. 숱 많은 고수머리와 짙은 눈썹 아래 깊게 쌍꺼풀진 눈이 인상적인 그는 집안 남자 중에서 제일 미남자이지만, 말하거나 음식을 먹을 때 얼굴을 찡그리고 침을 흘리기 일쑤였다. 불편한 몸 때문에 농사일을 거들지 않아도 되는 그는 서울에서 온 조카를 돌볼 책임이 주어졌다. 우리는 과수원 구경을 한 후 바다를 보기 위해 한참을 걸어 야산에 도착하였다. 우수에 찬 그의 눈이 망연히 바다를 바라보았다. 어디를 바라보고 있는지 가늠하기 어려웠다. 농사일이 싫어 중학교 때 상경한 내 아버지처럼 그도 서울로 가고 싶었을까. 아니면 저 멀리 보이는 큰 배를 타고 장애에 대한 편견이 없다는 외국으로 떠나고 싶었을까.

의지할 곳을 찾아 그는 교회에 열심히 다녔다. '작은형님, 형수님

전상서'로 시작하는 장문의 편지에는 '최승현 나사로 올림'이라고 쓰여 있었다. 손가락에 힘이 없어 비뚤비뚤 쓴 글씨는 알아보기 힘들었다. 성경 구절 인용과 한자어가 많이 섞인 지루한 만연체 편지였으나 상경하여 신학교에 다니고 싶다던 그의 소망을 알 수 있었다. 아버지가 경제적 도움을 주었는지는 정확히 모르겠다. 순복음교회에서 부흥회가 있으면 여의도에 사는 우리 집에서 여러 날 묵었으며 나사로 전도사를 찾는 전화도 여러 차례 걸려 왔다.

그날, 학교가 파하고 나는 장미분식으로 친구들과 쫄면이랑 팥빙수를 먹으러 가는 길이었다. 누가 뒤에서 '숙희야' 하고 불러서 뒤를 힐끗 돌아다보니 한쪽 발을 질질 끌면서 절뚝거리며 걸어오는 삼촌이 있었다. 성경책과 옷가지가 들어있을 큰 가방과 시골에서 가져온 먹거리 보따리를 힘겹게 들고 있었다. 한강 변 버스 정류장에서 우리 집인 장미아파트를 향해 걸어오다가 나를 본 것이다. 뜨거운 한여름 날씨와 무거운 짐으로 땀 범벅이 된 뇌성마비 삼촌이 부끄러웠다. 얼른 달려가서 삼촌의 짐을 들고 집으로 같이 가는 대신 나는 발걸음을 재촉하여 장미분식으로 쏙 들어가 버렸다. 그날 일은 나의 비밀이 되었고 곧 잊어버렸다. 어쩌다 몸이 불편한 장애인이 눈에 띄면 삼촌을 생각했고 그날의 기억이 되살아나 마음이 불편했다.

낮에 마주친 일을 삼촌이 발설하지 않을까 노심초사하여 저녁을 먹은 후 평소처럼 내 방으로 들어갈 수 없었다. 좋아하지는 않았지만, 시골에서 가져온 수수부꾸미의 기름기를 냅킨으로 천천히 닦아내며 한입씩 베어 먹으며 어른들 말참견을 하고 있었다. 그때 삼촌이 결혼하고 싶은 여자가 있다며 사진 한 장을 꺼냈다. 여배우 태현실과 김지미를 반반씩 섞은 듯한 정갈한 여인의 사진이었다. 결혼 얘기도 놀라운 일이었으나, 사진의 주인공이 너무도 반듯하게 생긴 미인인 것이 더욱 놀라웠다. 순복음 교회에서 만났는데 그쪽 집안에는 벌써 인사를 다녀왔으며, 형님이 허락하면 수일 내로 같이 오겠다고 했다. 더불어 자기는 그녀의 고향인 충청도로 내려가 묘목 사업을 할 계획이고 평택의 자기 몫 땅을 팔아 돈을 마련하고 싶으니 도와달라는 요지였다. 아무리 신앙 속에서 만났다지만 멀쩡한 미인이 뇌성마비 삼촌과 결혼하겠다는데, 모두 쉽사리 찬성하기 힘들었다. 우여곡절 끝에 결혼식을 하고 충청도로 갔다.

숙모가 처음 집에 인사 왔을 때를 기억한다. 요즘처럼 박스 포장이 없던 시절이라 양회 봉투에 넣어온 홍시 중 몇 개가 서로 부딪혀 터져 있었다. 과일을 양회 봉투에 넣어 주었다고 타박하던 엄마가 민망했던 기억이 있다. 삼촌의 외형적 조건이 아니라 내면의 아름다움을 믿었기에 결혼 당시 수군거리는 주위의 따가운 눈총에도 놀랍도록 의연함을 보였겠지. 얼마나 큰 믿음과 사랑이 있으면 그럴 수 있었을까. 결혼생활이 얼마나 오래 가겠느냐는 염려를 불식시키고 일가를 이루어 준 숙모가 고맙다. 어려움을 모두 이겨내고, 목회자가 되고 싶어 하던 삼촌의 오랜 소망을, 아들을 통해 이루었으니 감동적이다. 내년에 한국에 나가면, 늦었지만 삼촌을 꼭 만나 어린 날의 철없던 일을 사과하고 용서를 빌고 싶다.

은퇴 남편의 아르바이트 수입

나는 셈이 느리다. 막연히 불필요한 지출과 낭비만 안 하면 은퇴 후라도 어찌어찌 살아지겠거니 했다. 학창 시절에도 노트필기를 싫어하던 나는 가계부를 써본 적이 없어 생활비로 얼마를 쓰는지도 잘 모른다. 반면 남편은 모아둔 돈 까먹는 건 금방이라고 곶감 빼먹는 심정이었나 보다.

칼릴 지브란의 '함께 있되 거리를 두라. 그래서 하늘 바람이 너희 사이에서 춤추게 하라.'는 시구를 좋아한다. 전깃줄 위의 참새와 비둘기, 바닷가 모래밭의 갈매기도 간격을 두고 앉는다. 빨래를 잘 말리기 위해서도 사이사이에 간격이 필요하다. 바람이 통해야 하지 않겠는가. 간격이란 관계를 오래 버티게 하는 힘이라고 믿는다. 부부간에도 마찬가지일 것이다.

다람쥐 쳇바퀴 돌 듯 단조로운 일상이 지겨워 은퇴 소리를 입에 달고 살았지만, 막상 은퇴해서 남편과 좁은 집에서 수시로 마주치니 불편하다. 운동화 속에 푸석거리는 흙이 들어온 것처럼 껄끄럽다. 각자의 공간에서 지내다가 밥때만 되면 만나자고 했다. 일한다는 핑계도 없어진 마당에 하루 세끼 '삼식이' 수발에 현기증이 났다.

그러던 중 남편이 친구가 도와달라고 해서 주 3회 일을 나간다고 했다. 돈은 둘째치고 그만큼 내 눈에 안 뜨일 테니 기뻤다. 남편이 출근한 후 나 홀로 누리는 평화롭고 경쾌한 기분이라니. 나는 누가 뭐라 해도 간격론자이다.

아르바이트비를 받아온 남편이 봉투를 내밀며 내가 원하는 것을 무엇이든 사라고 인심 쓰듯 말한다. 나는 당신이 벌어온 '엑스트라 머니'이니 남편이 바라는 곳에 쓰라며 건드리지 않았다. 오 헨리의 단편소설 〈크리스마스 선물〉 속에 나오는 젊은 부부도 아니면서 35년 차 부부의 밍밍한 삶에 갑자기 다정한 기류가 흐르며 닭살 부부 시늉하니 멋쩍다.

겨울에도 난방이 잘 되어 실내에서 반소매로 지내던 한국에 비해 잦은 비와 으스스한 날씨의 LA 겨울은 따뜻한 아랫목이 그립다. 마침 사용하는 전기요의 전자파가 걱정된다며 남편이 온수 매트를 주문했다. 중간에 깨서 부스럭거려 상대의 꿀잠을 방해하지 않기 위해, 원하는 유튜브나 TV 시청을 마음대로 하자며 우리 부부는 얼마 전부터 각방을 써왔는데 매트 덕분에 다시 합치게 되었다. 따로 방을 쓰던 부부가 나이 들며 방을 합칠 때는 생사의 갈림길에서 골든타임을 놓치지 않기 위함이란다. 즉 생존의 문제가 아니면 '굳이' 한방을 쓸 이유가 없다는 뜻이라지만 우리는 우습게 온수 매트가 이유가 되었다.

전기세 봉투를 찢어보던 자린고비 남편이 온수 매트 때문에 이번 달 전기세가 30여 달러가 더 나왔다고 놀란다. 나는 최근에 들국화 노래에서 '비가 새는 작은 방에 새우잠을 잔대도 고운 님과 함께라면 즐겁지 않더냐'의 가사를 듣고 공감했다. '지구별 여행에서 맺은 인연, 끝까지 아름다운 마무리를 하자. 초심으로 돌아가자.' 마음먹었는데 기분이 나빠졌다.

아직 아르바이트비가 많이 남았고 내 마음대로 쓰라고 했으니 '명품 가방'이라도 살까. 내가 명품이 되기는 애당초 글렀으니.

(미주 중앙일보 〈열린 광장〉 2024. 2. 22)

고맙다, 친구야

딸이 이사한 집을 보러 남편과 뉴욕에 갔다. 아이의 좁은 아파트가 갑갑하여 우리는 매일 맨해튼에 억지로 나가곤 했다.

뉴욕에서 더 볼 것도 없던 차에 버지니아에 사는 친구가 우리를 초대했다. 중학교, 고등학교, 대학교를 같은 교정에서 지내며 추억을 공유한 친구이다. 미국 온 후 소식이 끊겼다가 페이스북으로 기적처럼 연결됐다. 몇 달 전 샌프란시스코에 사는 친구 딸 결혼식에 부부 동반으로 동행했다. 우연히 남편끼리 초등학교 동창임을 알게 되고 서로 사는 곳을 방문하자고 했는데, 기회가 빨리 왔다. 뉴욕 펜스테이션에서 워싱턴 D.C.의 유니언 스테이션까지 4시간 걸리는 버스를 탔다.

직장인에게 휴가란 사막의 오아시스처럼 귀한 것인데 친구 부부는 나란히 휴가를 내서 우리를 맞아주었다. 신방을 꾸미듯 새 이부자리까지 준비한 친구의 마음 씀에 감동했다. 아늑함과 편안함이 마치 내 집에 있는 기분이 든다. 'Life is better with friends'라는 글귀가 생각나며 5박 6일이 눈 깜짝할 사이에 지났다. 집에 도착한 첫날은 '우리 먹는 식탁에 숟가락만 더 올릴 거야.' 하더니 온갖 솜씨를 다 부려 상다리가 휘어지도록 음식을 준비해 두었다.

현지인만 알 수 있는 맛집과 장소를 골라 특급 안내를 받았다. 친구는 우리가 안 가 본 곳, 가 보았어도 나이 탓인지 기억이 가물거리는 곳으로 여정을 짰다. 여행사 관광처럼 꼭두새벽에 일어나 비몽사몽 하지 않아도 되니 아침잠 많은 나에게 안성맞춤이다. 늦은 나이에 타국에서 자리 잡기까지 고생한 공통점이 많아서일까, 우리 넷은 얘기도 잘 통했다.

하루도 허비하지 않는 알찬 시간이다. 권사인 친구가 추천한 성서박물관은 나일론 신자인 내게도 깊은 감흥을 준다. 성경이 역사 속에서 어떤 역할을 해왔는지, 내 삶에 어떤 의미가 있는지 다시 한번 생각하게 한다. 유럽의 화려한 박물관이나 미술관을 연상시키는 의사당 도서실도 인상적이었다. 영어가 편하면 이런 분위기에서 몇 시간씩 책을 읽으면서 머물고 싶다.

식민시대 버지니아주의 주도였다는 윌리엄스버그는 비가 오락가락하는 날씨에도 흥미진진했다. 그 시대의 복장을 한 직원들이 18세기 미국의 모습을 꼼꼼하게 재현해서 시간여행을 시켜준다. 마을 전체가 민속촌이자 역사박물관이다. 돌아오는 길에 셰리프한테 과속 티켓을 받은 것이 '옥에 티'지만, 이제는 그것도 추억이 되었다.

셰넌도어 캠핑장에서 바비큐를 하고 고즈넉한 숲속을 산책했다.

내가 사는 남가주 사막에서는 보기 힘든 푸르름이 멋졌다. 내가 아는 유일한 인디언 처녀 포카혼타스가 셰넌도어강 저편에서 카약을 저어 올 듯싶었다.

화려하고 경이로운 석회암 동굴인 룰레이 동굴 구경을 끝으로 아쉬운 관광을 마쳤다. 포토맥강 변에 벚꽃이 만발할 때 또 오라는 친구의 말이 고맙다. 남가주를 아직 안 와봤다니 조만간 얼른 집을 청소해 두고 불러야겠다. 이번 여행으로 더 깊고 단단해진 우정을 느낄 수 있어 행복하다. 고맙다, 친구야!!

(미주 중앙일보 〈열린 광장〉 2023. 11. 11)

아버님의 구두

신장을 정리하다가 먼지를 뽀얗게 뒤집어쓰고 있는 구두를 보았다. 여름에 한국의 시부모님이 왔다가 두고 가신 것이다. 수선해 두겠다고 했었는데 까맣게 잊고 있었다. 아침, 저녁으로 쌀쌀해진 날씨에 샌들을 신으신 어머니 발이 시려 보여 백화점에 갔었다. 어머니 구두를 고르고 나니 낡아 보이는 아버님 구두가 눈에 들어왔다.

처음에는 이탈리아 명품인 줄 알았다. 강남에서 제법 큰 규모의 안과를 운영하는 멋쟁이 둘째 아주버님이 사주셨나 여쭈니, 백화점 좌판에서 당신이 연전에 샀다고 하셨다. "구두 하나 고르세요, 아버님."라는 내 말에 "얼마나 더 산다고, 새 물건은 자꾸 사서 뭐 하게." 하면서도 매장을 둘러보신다. 미제 구두는 밑창이 하나로 되어있어 굽을 덧댈 수가 없으니 오래 못 신어 틀렸다고 하며 당신 구두를 뒤집어 보여주신다. 이미 여러 차례 밑창을 덧댄 것이 보였다. 이멜다 여사만큼은 아니겠으나 신발장을 가득 채우고 있는 내 구두와 아들아이 운동화가 생각나서 뜨끔하였다. 불어난 몸매로 옷 살 때는 신중하여 과감히 못 사지만 구두만큼은 자신 있게 구입하곤 했다. 편해 보이는 것은 일할 때, 얌전해 보이는 것은 교회 갈 때 신어야지 하면서.

학교체육으로 트랙과 크로스컨트리를 하는 아들아이는 시즌별로 새로 쏟아져 나오는 새 운동화를 신어야 기록이 경신되는 양 한 번만 신은 운동화가 즐비하다. 황해도가 고향인 아버님께서는 이북이 공산화되기 시작하자 가족과 함께 월남하셨다. 자수성가로 사업을 하여 매사에 낭비를 모르는 성품이 구두 한 켤레에서도 드러난다. 형제분들이 평생 한량으로 일정한 직업이 없어 그 식솔들까지 책임져야 했기에 더욱 그러했으리라.

첫아이를 임신했을 때다. 퇴근길 전철이 붐벼 힘들다는 나의 말을 얼핏 들으시고는 매일 회사 앞까지 와서 퇴근시켜 주실 때는 '며느리 사랑은 시아버지'라는 걸 실감 했었다.

부엌 출입을 않던 친정아버지와는 달리 은퇴 후 어머니와 함께 시장도 다니고, 장 봐온 것 갈무리도 직접 부엌에 들어와서 하는 걸 보곤 '우리 어머니는 복도 많으셔'한 기억이 난다. 수차례 사업과 결혼 실패로 해외를 떠돌다 돌아온 장남을 다른 아들들의 반대를 무릅쓰고 다시 결혼시키고 살아갈 터전을 마련해주던 모습은 돌아온 탕자를 맞는 하나님의 그것과 다름없었다. 어느 자식 하나 포기할 수 없는 아버지의 마음을 진하게 느낄 수 있었다.

평생 가족을 위해 살아오신 아버님, 자식들 봉양을 편히 받으실 자격이 충분한데도 요즘 아버님의 일상은 그리 편하질 못하다. 근검 절약이 몸에 밴 탓에 가사 도우미도 며칠에 한 번 부르신다. 올해 미수의 나이로 연세에 비해 정정하시지만, 당뇨와 간경화로 거동이 불편한 어머니 병수발을 직접 하신다.

이제껏 자식에 관한 한 섭섭함을 내색 않던 아버님이셨는데 서운함을 내비치셨다. 내외가 개업의인 아주버님, 대기업 간부인 막내네가 바쁘다는 핑계로 한 달에 한 번 얼굴 보기도 힘들다며 서운한 말씀을 하셨다. 바쁜 이민 생활로 부모님께 무심했던 우리 부부에게 하는 소리 같았다. 딸 없이 4형제만 두신 시부모님은 모든 며느리를 시집살이는커녕 딸같이 대해주셨고, 경제적으로도 부족함 없이 도와주셨으나 형제간은 그리 화목하지 못하다. 모두들 자신이 받은 것은 생각 못 하고 다른 형제보다 덜 받았다고 생각하니 말이다. 셋째인 나만 해도 장남이나 둘째에 비해 부모님께 받은 것이 적다고 마음속으로 불평한 적이 있었으니, 어느 부모가 자식에게 베풀 때 두부모 자르듯이 똑같이 등분하여 나눠 줄 수 있겠는가. 나부터도 이기심만 가득하니 안타까울 뿐이다.

한국의 형제들이 부모님께 양로 입주 시설에 가실 것을 권했다고 한다. 처음부터 핵가족으로 단출히 살다가 갑자기 연로하신 부모님과 합치기가 쉽지 않을 것이다. 나도 시부모님과 지내면서 생활의 리듬이 깨져 불편함이 컸으니까. 평생 자식들을 정성껏 뒷바라지한 부모님 처지에서는 배신감도 들 터이고 자존심에 큰 상처를 입으신 것이다. 양로 입주 시설에 들어가시는 것은 현대판 고려장이 아닌가 생각하실 정도이다.

지금 사는 분당의 웬만한 거리는 자전거로 다니고 아직도 아파트 노인정의 회장 일을 맡아볼 정도로 활달하신 분으로 노인정 할머니들 사이에 인기 만점 회장님이다. 어머니는 "그 꼴 보기 싫어 노인정 출입을 끊었다."고 할 정도이다.

기대수명 100세를 바라본다는 오늘날 노인 문제가 내 앞에 현실로 와있다. 다 정리하고 미국 와서 너희와 살고 싶다고 하시는 말씀에 선뜻 그러시라고 못 한 게 죄송하다.

고단한 아버님의 생애가 묻어있는 낡은 구두의 먼지를 턴다. 가족을 위해 평생 쉼 없이 바쁘게 일하며 돌아다니느라 뒷굽이 닳아 없어지도록 열심히 살아오신 아버님 생각에 눈물이 핑 돈다.

"내년에 다시 오셔서 신게 구두 두고 가세요. 제가 수선해 놓을게요."라는 말에 미소를 짓던 아버님에게서 부모가 원하는 것은 대단한 것이 아니라 다정한 말 한마디임을 깨달았다.

"부디 젊은 우리는 부모님 살아 계실 때 철들길, 부디 세상의 모든 부모님은 어리석은 자식이 철들 때까지 건강하게 사시길 바란다."고 한 어느 소설가의 말이 생각나는 오늘이다.

천천히 자라지만 쉬지 않으리

몸을 움직이는 운동은 보는 것도 하는 것도 싫어했다. 운동과 담쌓고 살다 보니 군살이 찌고 맵고 짠 것을 좋아하는 식성 탓에 혈압도 생겼다. 운동이 선택이 아닌 필수가 되었다. 테니스와 골프를 배웠지만, 운동신경이 없고 싫증을 잘 내니 어느 하나 끝장을 보지 못했다.

특별한 기술이 없어도 무작정 걸으면 된다는 친구의 꼬임에 산악회에 가입했다. 등산은 올라간 곳에서 내 힘으로 내려와야 하므로 운동 싫어하는 나를 장시간 걷게 하는 유일한 것이다. 걸음이 느린 내가 가물에 콩 나듯 정상에 가면 일행의 기립박수를 받는데, 웃픈 현실이다.

캘리포니아에서 세 번째로 높은 화이트마운틴(14,252ft)을 다녀왔다. 휘트니산, 존 뮤어 트레일, 히말라야 원정을 가기 전 고소 적응을 위해 가는 거로 알았기에 감히 엄두를 못 내다가 남편이 존

뮤어 트레일을 갈 계획이라 나도 따라간 것이다. '아는 만큼 보인다'고 가기 전 유튜브를 찾아보았다. 나무 한 그루 없는 황량한 풍경이 묘하게 사람의 눈길을 끌었다. 완만하고 부드러운 능선의 황갈색 화이트마운틴은 신비로웠다. 이제껏 다녀본 산들과는 다른 분위기로 모르는 행성에 간 느낌이다. 고소만 안 온다면 왕복 14마일이 조금 넘지만 해볼 만하다고 생각했다.

12,000ft에서의 캠핑이라 고소 때문에 두통이 와서 잠을 한숨도 못 잤다. 하지만 아침잠 많은 내가 일출을 본 것이 얼마 만인가. 감격이었다. 자연 풍광에 대한 느낌을 충분히 담아낼 필력이 없음이 아쉽다. 뜨거운 사막의 태양에 바싹바싹 타는 입술을 적실 겸, 울렁거리는 속을 달랠 겸 자주 멈추며 물을 마셨다. 한여름에도 눈 덮인 시에라네바다 산맥의 장엄함, 청명한 푸른 하늘, 자잘한 검붉은 돌 사이에 지천으로 피어난 키 작은 하얀 꽃들, 바쁘고 빠르게 먹을 것을 찾아 뛰어다니는 마모트와 다람쥐, 멈추니 비로소 보이는 것들이다. 철벅지를 뽐내며 산악자전거로 산을 오르는 이들의 체력이 부럽다. 집에 돌아가려면 4시까지는 캠핑장으로 내려와야 하는데 내 발걸음으로 오늘 정상은 틀렸다.

돌아오는 길에 고대 브리슬콘 소나무숲(Ancient Bristle Cone Pine Forest)을 보았다. 지구상의 모든 생물 중 수명이 가장 길어 현재 5,000년을 넘어 산 것도 있다고 한다. 수천 년이라는 오랜 세월 동안 갖은 풍상에 나무껍질이 벗겨지고 나뭇가지는 비비 꼬이고 비틀린 처절한 모습이다. 방문자센터에 가 보니 브리슬콘 소나무의 다양한 사진과 그림, 설명이 있었다. 이 지역은 오래전 바다 밑이었고 흙의 주성분이 알칼리 석회석이라 보통의 식물이 살지 못하는데 예외적으로 브리슬콘 소나무만 자랄 수 있다고 한다. 건조한 토양과 차가운 온도, 거센 바람의 척박한 환경 속에서 경쟁자가 전무한 가운데 느리게 성장하는 특성이 있어 세계에서 가장 오래 사는 나무가 되었다는 설명이다.

'느리게 성장(Grow slowly)' 문구가 내 주의를 끌었다. 그래, 나는 느리게 걷지만, 결코 포기하지 않아. 꾸준히 끈기 있게 하다 보면 산과 친구 먹기가 가능해지겠지. '오늘은 거기까지 왔지만 또 오렴, 나는 항상 이 자리에 있어', 화이트마운틴의 소리가 들리는 듯하다.

(미주 중앙일보 〈이 아침에〉 2018. 7. 17)

요세미티 캠핑을 다녀와서

　　산악회에 가입한 후 1년에 두 차례 대형 버스를 타고 가는 장거리 캠핑에 꼭 참석하는 건 경쟁과 속도에 사로잡힌 일상을 잊고 자연에 몰입할 수 있는 시간이기 때문이다. 산악회 '장금이' 환희 씨가 새벽에 만들어 왔다는 김밥을 돌린다. 싱싱한 아보카도에 오이, 깻잎과 우엉채가 들어있다. 한식 김밥과 캘리포니아 롤이 조화를 이룬다. 아침 일찍 나오느라 빈속이어서 더욱 맛있다. 맛과 건강, 두 마리 토끼를 다 잡았다. 나의 이민 생활도 이 퓨전 김밥처럼 한국과 미국의 장점을 살리고 싶다.

　　운이 좋았다. 날씨 때문에 1년 중 5~6개월만 열리는 티오가 길 (Tioga Pass Road)이 열려 아름다운 경치 덕에 7시간의 장거리 여행도 지루하지 않았다. 저녁 메뉴는 홍어 무침과 돼지족발 샐러드다. 평소에 먹어보지 않던 것을 솜씨 좋은 회원이 준비해 왔다. 졸며 깨며 버스 탄 일밖에 없는데 꿀맛이다. 산속은 어둠이 빨리 찾아왔다. 자다가 깨서 혼자 나와 하늘을 보니 휘영청 보름달과 수천의 별들이 몽환적인 밤하늘을 만들었다. 깊은 산속의 밤은 춥지만, 낮에 본 하얀 도그우드 꽃(Dogwood)이 달빛을 받아 우아하게 봄을 알린다.

일기예보 때문에 비가 안 오기만 해도 감지덕지다 했는데 산들바람이 불어 산행하기 딱 좋은 날씨였다. 나뭇잎 사이로 부서져 반짝이는 햇살 아래 고즈넉하고 아름다운 숲길을 걸었다. 고개 숙인 고사리 어린순이 앙증맞고 이름 모를 들꽃도 탄성을 자아낸다.

하이킹을 시작하며 통나무를 헛디뎌 한쪽 발이 냇물에 빠졌다. 양말을 벗어 짜니 물이 엄청나게 나온다. 맨발에 등산화를 신을 수도 없고 젖은 양말을 다시 신을 수도 없는 난감한 순간이었다. 마침 선배님이 여분의 양말을 주셨다. 무좀용 발가락 양말이다. 민망했지만 찬밥 더운밥 가릴 처지가 아니다. 신고 걸어보니 발가락이 서로 닿지 않아 오래 걸어도 물집 생길 일이 없겠다. 한 수 배웠다.

멀리 하프돔이 보이는 요세미티 포인트에서 점심을 먹었다. 수백 미터 화강암이 땅에서 솟구쳐 오른 듯 암벽들이 위풍당당하다. 내려다보니 탁 트여 펼쳐진 요세미티 빌리지에 눈이 시원하다. 빵과 과일, 커피 한잔이 전부인 줄 알았는데 새벽에 만든 주먹밥과 아보카도 딥과 칩을 권한다. 부지런히 수고하며 섬기기 좋아하는 산악회 장금이의 솜씨다.

시에라네바다 산맥의 눈이 녹아 생긴 요세미티 폭포의 웅장한 물살이 시원하다. 폭포 하단에 무지개가 걸렸다. '여기까지 오느라 수

고했어'라고 말하는 듯하다. 깎아지른 절벽의 철계단을 겁이 많은 나는 네발로 걷기도 했다. 내려오는 길이지만 가파른 계단에 잔돌이 많아 힘들었다. 어느새 몸은 물먹은 솜처럼 무겁다. 발목을 접질려 일행에서 처진 이를 부축하러 원로 선배 두 분이 다시 올라가셨다. 배려와 헌신을 배운다.

캠프파이어 속에서 고구마는 익고 무사히 하루 일정을 마친 후의 안도감, 성취감에 행복하다. 더 바랄 게 없는 순간이다. 몸은 뻐근 하지만 평화롭고 아름다운 자연에서 진정한 안식과 치유를 얻었다. 휴식을 통해 얻은 활력과 에너지로 내일은 더 멀리 뛰어가야겠다. 재충전의 기회였다.

(미주 중앙일보 〈이 아침에〉 2018. 6. 13)

마추픽추에 다녀와서

　수영장 친구 애나 씨의 권유로 페루를 다녀왔다. 몇 해 전 친구들이 잉카 트레일을 백패킹할 때 못 가서 아쉬웠던 터라 망설일 이유가 없었다. 고된 트래킹 대신 기차와 버스를 이용한 관광객 입장이지만 세계 여행자의 로망이라는 마추픽추에 간다고 생각하니 설렜다. 유튜브 몇 개 보고 고산증약만 처방받았다.

　페루의 수도 리마를 거쳐 쿠스코에 왔다. 고대 잉카제국의 수도 쿠스코는 스페인 침략의 영향으로 유럽의 중세도시가 연상된다. 자갈길 골목마다 화려한 전통 의상을 차려입은 잉카의 후예들이 공예품을 파는 아기자기한 가게가 즐비하다. 진홍색 제라늄과 흐드러진 넝쿨 백장미, 연보라의 자카란다, 새빨간 부겐빌레아는 살림이 넉넉하지 못해도 꽃을 사랑하는 이 도시 사람들의 마음을 엿볼 수 있다.

　태양신의 직계 후손이라는 자부심은 어디로 갔을까. 한 푼이라도 더 벌려고 호객행위를 하는 인디오를 보면 씁쓸한 기분이 든다. 귀여운 알파카를 안고 사진을 찍는 행위는 동물 학대이니 원주민에 응대하지 말라며 청년 가이드가 말한다. 힘든 농사를 짓기보다 관광객을 상대로 손쉬운 돈벌이에 급급한 것이 부끄럽다고 한다. 페루의 문제는 부정부패라며 이전 다섯 대통령이 모두 감옥에 있단다. 교육으로 의식을 개혁해서 잉카제국의 명예를 되찾아야 한다고 주장하는 애국청년이다.

안데스산맥의 만년설이 녹아 흐르는 우루밤바강을 끼고 달리는 기차를 타고 한참을 왔으나 다시 가파른 절벽의 산비탈 길을 굽이굽이 버스로 가야 한다. 잉카의 위대한 유산인 '마추픽추'로 가는 길은 멀기도 멀다. 안데스의 높은 봉우리로 겹겹이 둘러싸여 하늘 위에서만 도시 전체를 볼 수 있어 '공중 도시'라고 불린단다. 안개에 싸인 공중 도시는 몽환적이다. 골이 깊어 구름이 산 중턱에 걸려있다. 오랜 세월만큼 바위에는 이끼가 가득하고 돌 틈에 피어난 이름 모를 야생화가 운무 속에서 돋보인다.

수레도 기중기도 없이 무거운 돌을 어떻게 옮겼을까. 철기를 사용하지 않고 거대한 돌을 깎고 면도날'하나 들어갈 틈도 없이 쌓아올린 정교한 건축술이 신비롭다. 태양신을 섬기는 신전, 귀족과 사제들의 거주지역, 일반인 거주지역, 농작지로 나뉜다. 산악지대라 부족한 농업용지 해결을 위해 계단식 밭이다. 우루밤바강물을 이용, 수로를 만들어 도시 전체로 물이 흐르게 한 것도 놀랍다. 무력에 파괴된 잉카의 흔적을 보면 애잔함과 분노가 치민다. 우루밤바강물은 잉카인의 가슴 아픈 사연을 싣고 바다로 흘러갔을까.

한가롭게 풀 뜯어 먹는 라마와 알파카를 보면 타임머신을 타고 과거와 현재를 오가는 시간여행을 온 듯싶다. 알파카와 양, 라마의 털로 실을 뽑아 천연 재료인 곤충과 식물을 이용해 염색하고 전통 방식으로 옷을 짓는 여인들을 보았다. 때 묻지 않은 자연, 그 자연만큼이나 순박한 사람들은 어디에서도 고산증에 좋다는 코카 차를 권한다.

유럽의 침략자들이 잉카문명을 짓밟고 황금을 약탈해 간 슬픈 역사를 들어서일까. 남미 특유의 경쾌한 음악도 애잔하게 들린다. 잉카의 역사와 경이로운 문화유산을 간직한 채 여행자들의 발길과 마음을 붙잡는 도시, 화려하고 정교한 석조문화가 돋보이는 마추픽추에 올라 잉카인들 삶의 흔적을 찾아보았다. 기회가 온다면 다음에는 관광객이 아니라 배낭 짊어지고 잉카 트레일을 걷고 싶다.

(미주 중앙일보 〈이 아침에〉 2024. 6. 26.)

하와이 사람들의 '알로하'

아들이 인턴을 한 회사에서 졸업 후 오라는 제의를 받아서 축하하고 싶었다. 뉴욕에서 일하는 딸도 휴가를 낼 수 있다기에 가족여행을 계획했다. 공항 픽업과 150달러 식음료 크레딧, 전체 요금의 5퍼센트 리베이트 조건이 마음에 들어 코스코 트래블을 이용했다. 호놀룰루 공항에 도착하니 원주민 아가씨가 향기로운 하와이 꽃목걸이로 환영한다. 와이키키 해변과 다이아몬드 헤드가 보이는 전망 좋은 방도 마음에 들었다.

탐스럽게 핀 하와이 꽃 푸르메리아가 아침 인사를 건넨다. 꽃향기를 머금어 달콤한 공기가 싱그럽다. 맛집 검색으로 찾은 우동집 마루카메로 걸어가는 길이다. 국수를 직접 뽑고, 삶아 찬물에 헹구는 과정을 보여줘서인가. 국숫발이 더욱 탱탱하고 쫄깃하게 느껴져 식감이 좋다. 가성비 최고의 식당이라더니 새우, 야채, 아스파라거스 등 갖가지 튀김에 주먹밥, 무수비, 우동을 배불리 먹어도 네 명이

40달러로 충분하다. 렌터카를 찾으러 가며 들른 베이커리의 코나커피와 주전부리로 산 몇 개의 스콘이 훨씬 비싸니 아이러니하다.

구글에 여행 리뷰와 맛집 소개가 잘 돼 있으니 25년 전 여행 책자에 의지해서 헤매던 때와는 달리 많이 편해졌다. 어느새 커버린 아이들이 앞장서서 안내하니 든든하지만 이제 우리는 뒤로 물러날 때인가 싶어서 서글퍼지기도 한다.

일본의 폭격으로 슬픈 역사를 간직한 진주만을 찾았다. 해군이 제공하는 무료 페리를 타고 투어를 한 후 짧은 영화를 보았다. 전함들과 함께 수장된 꽃다운 청년들을 생각하니 마음이 무겁다. 주인의식일까. 과거 관광객으로 방문했을 때와 현재 이민자로서 느낌이 매우 다르다. 하나우마 베이에서의 내 생애 최초 스노클링은 오래 기억될 것이다. 가족과 바닷물에서 첨벙대며 즐긴 것이 얼마 만인가. 사는 곳에서 차로 10분이면 태평양이지만 잊고 살았다. 파도에 휩쓸려 산호초에 부딪혀 다리 몇 군데 상처를 입었지만, 이 또한 추억으로 남겠지. 노안으로 눈이 침침해 자세히 못 본 형형색색의 열대 물고기도 와이키키 수족관을 방문하여 자세히 확인할 수 있었다. 디즈니 만화영화 주인공 '니모'도 있었다.

와이키키가 한눈에 보이는 다이아몬드 헤드 하이킹, 하와이 초록 거북이를 만난 터틀비치, 쥬라기공원, 고질라 등 할리우드 영화들을 촬영했다는 쿠알로아 목장, 중국인 모자 섬, 파인애플 농장 등을 둘러보며 4박 5일이 꿈같이 흘렀다.

호텔에 아이언 셰프가 운영하는 '모리모토 아시아' 식당이 있어서 식사 크레딧을 어디에 쓸까, 망설일 필요가 없었다. 원하는 음식들을 호기롭게 시켜 먹었는데, 아니 이럴 수가. 공항 픽업 시간 확인을 위해 이메일을 보니 '모리모토 아시아'는 크레딧 제공에서 제외라고 깨알같이 작은 글씨로 쓰여 있다. 이메일 확인도 안 했다고 가족의 원성을 들었다.

체크인할 때 아무 식당에서나 식사하고 방 번호만 말하면 된다고 들었기에 억울했다. 호텔에 전화하여 사정을 설명하며 해결 방법을 물었다. '모리모토 아시아'는 호텔 직영 식당이 아닌 리스 관계라 크레딧을 줄 수 없단다. 대신 하루에 35달러씩 부과되는 리조트 요금 140달러를 면제해 주겠다는 제안을 한다. 이메일을 자세히 안 읽은 명백한 내 실수라 솔직히 기대도 안 했는데 뜻밖이었다.

하와이 사람들은 항상 미소를 지으며 '알로하'하고 인사한다. '알로하'는 단순한 인사말 외에도 사랑, 평화, 연민의 뜻을 내포한다고 한다. 호텔에서 영어가 어눌한 아줌마의 입장을 배려하여 친절을 베푼 것도 '알로하' 정신인가 보다. 하와이는 다시 가 보고 싶은 장소가 되었다.

(미주 중앙일보 〈생활 속에서〉 2018. 10. 7)

Point Mugu 오른 날의 단상

　기승을 부리던 무더위가 한풀 꺾여 아침저녁 서늘한 기온이 가을을 알리는 어느 날, 친구가 전화했다. RV(Recreational Vehicle)를 마련했으니, 캠핑카에서 자고 하이킹을 하자는 초대였다. 석양이 아름답기로 유명한 말리부의 Thornhill Broome campground를 예약했고 모든 준비물을 가져가니 우리 부부는 등산화만 갖고 오란다. 복잡한 일상을 떠나 자연과 하나가 되는 캠핑은 사막에서 오아시스를 만나는 것 같은 즐거움이지만 RV에서 숙박은 처음이라 더욱 설레는 기분이었다. 별도의 침실과 벽난로가 있는 거실, 최신식 설비가 갖춰진 부엌과 샤워실이 있어 바퀴 달린 집(House on Wheels)이란 말이 무색하지 않다. 에어프라이어에 구운 갈빗살과 한국에서 왔다는 아삭한 고랭지 김치가 꿀맛이다. 해 질 녘 거대한 태양이 빨갛게 숨어버리는 수평선을 보며 마시는 와인의 맛도 일품이다. 소금기를 머금은 바람이 코를 간지럽힌다. 차량 통행이 잦은

1번 도로, PCH(Pacific Coast Highway)의 소음을 염려했으나 자동차 소리는 태평양파도 소리에 묻혀 단잠을 이룰 수 있었다.

이른 아침 포인트 무구(Point Mugu)에 올랐다. 옅은 바다 안개에 휩싸인 채 멀리 떠 있는 배와 일렁이는 파도가 만드는 하얀 포말이 한 폭의 유화 같다. 발아래 펼쳐지는 에메랄드빛 바다 풍경에 감탄사가 절로 나온다. 정상에는 항상 성조기가 높이 펄럭이고 있다. 많은 사람이 성조기를 배경으로 사진을 즐겨 찍곤 한다. 오늘은 깃대봉을 타고 올라가 셀피를 찍는 한 젊은 여자가 보인다. 필시 페이스북이나 인스타그램에 올리려는 것이겠지만 국기에 대한 기본 예의도 없는 몰상식한 행동은 보는 이의 눈살을 찌푸리게 한다. 사진을 찍기 위해 기다리는 다른 사람들은 아랑곳하지 않고 포즈를 바꿔가며 천천히 사진을 찍는 이기심은 안하무인 격이다.

몇 주 전 요세미티 국립공원에서 인도 출신의 여행 사진 블로거 부부가 셀피를 찍다가 900m 아래로 추락해 사망한 신문 기사를 읽었다. 보다 완벽하고 아슬아슬한 사진을 위해 위험한 촬영도 불사하다 사망하는 사람 숫자가 점점 늘고 있다는 소식이다. 배에서 떨어지거나 파도에 휩쓸리는 익사 사고, 달려오는 기차 앞이나 벼랑 끝에서 사진을 찍다 교통사고나 추락으로 목숨을 잃는 사례가 보고된다. 관광지의 위험한 절벽이나 고층빌딩 난간에 셀피 금지구역을 설치하고 철저히 감시하는 엄격한 규제가 필요하다.

몇 년 전부터 YOLO(You Only Live Once)라는 말이 유행이다. 인생은 한 번뿐이기에 현재를 즐기자는 '카르페 디엠(Carpe Diem)'

의 뜻이다. 한 번뿐인 인생이라 영원히 남을 걸작 사진인 '인생 샷'을 남기고 싶은 마음은 이해하지만, 사진이 목숨보다 중요하진 않다. 자기 행복에 집중하여 주변 사람에 대한 배려는 찾을 수 없는 이기심도 문제이다. 남에게 보여주기 위한 삶, 즉 연출된 삶은 진정성이 없는 가면무도회 같다. 가장 화려하고 명랑한 가면 뒤에는 현대인의 가장 초라하고 슬픈 얼굴이 있을지도 모른다.

(한국수필 2019. 3.)

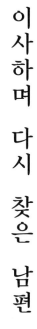

3
*
이사하며 다시 찾은 남편

기러기 가족, D-69일

뜨거운 물로 샤워하다가 물이 미지근해지며 급기야 찬물로 바뀌는 것처럼 화나는 일은 없다. 갑자기 늘어난 식구들이 물탱크의 온수를 다 써버렸나 보다. 여동생이 기러기 가족으로 엘에이에 온 후 마음에 드는 집을 찾을 때까지 우리 집에 머물고 있다. 친정 식구인 탓에 불평은 못 한다.

여동생은 경쟁 심한 한국에서 아이들을 밤늦게까지 학원으로 뺑뺑이 돌리기가 싫어서 큰 결심을 했다고 한다. 우리가 미국에 사는 게 큰 의지가 된다는 동생이 은근히 부담도 되지만, 달랑 우리 식구만 있다가 피붙이가 가까이 살러 왔으니 반가운 일이다. 멀리 떨어져 사는 나 대신 그동안 부모님과 가까이 살며 돌보아 드린 것에 대한 고마움을 갚을 좋은 기회이기도 하다.

동생의 이삿짐에 딸려 온 오락기인 '위' 덕택에 온 가족이 모여서 크게 웃을 일이 많다. 아이들이 고학년이 되면서 공부 채근하느라 함께 모여 게임을 즐기며 웃고 떠들던 기억이 별로 없다. 식구 별로 아바타를 만들어 스키, 골프, 테니스, 훌라후프 등 운동을 하는데 편을 먹고 경쟁하니 모두 동심으로 돌아간 듯 재미있고 신난다. 대학입시 막바지 준비로 얼굴 보기 힘들던 아들아이도 다시 어린애가 된 듯 즐거워하니 기분이 좋다. 방학으로 집에 온 대학생 딸이 인터넷에서 요리법을 찾아 식구가 함께 음식을 만든다. 요리를 즐기는 초등학생 어린 조카들이 도우미가 되어 재료 밑 손질을 해 놓으니, 일이 훨씬 손쉽고 즐겁다. 오트밀에 꿀, 아보카도를 으깨어 천연 팩을 만들어 서로 얼굴에 발라주며 깔깔댄다.

공부 닦달보다는 아이들이 원하는 것을 하게 하는 동생의 성숙한 부모 역할을 가까이 보니 느끼는 것이 많다. 나는 대학 가는 데 불필요한 것에는 한눈팔지 못하도록 아이들을 다그치기만 했는데. 빨리 모든 것이 제자리를 찾기 바라는 이민이라는 특수상황 때문이었을까. 느긋하게 기다리지 못하고 빨리빨리 조급증을 부렸다.

스마트폰으로 아이들 사진을 그때그때 전송하고 매일매일 영상통화하는 걸 보니 디지털 시대의 기러기 가족도 할 만하구나 싶다. 14년 전 우리가 처음 미국에 왔을 때만 해도 높은 국제전화 요금에 전화도 자주 못 했었는데, 격세지감을 느낀다. '~~보고 시퍼' '~~나도' '~~사랑해' 가끔 우연히 보게 되는 동생의 전화 텍스트에 나는 "야! 가족끼리 무슨 연애질이냐?"하고 놀리기도 하지만 살짝 부러운 것도 사실이다.

여러 식구가 부대끼며 왁자지껄하게 지내면서 불편한 점도 물론

있으나 가족의 소중함을 되새기게 된 좋은 기회였다. 동생은 서울서 간단한 짐만 부쳐왔기에 내가 그간 생각 없이 사들였던 안 쓰는 가구며 가전제품들을 나누어주니 우리 집이 훨씬 넓어진 느낌이다.

동생의 식탁, 소파, 침대 등을 고르면서 자매간의 비슷한 취향에 놀란다. 마치 신혼집을 꾸미듯이 이곳저곳을 둘러보며 쇼핑하니 신바람이 났다. 서울서 같이 살았으면 서로 도우며 재미있게 지냈을 텐데 아쉽기도 하다. 동생이 아이들 뒷바라지를 남편 없이 혼자 하며 자기 공부도 해야 하니 기러기 엄마로서 감당할 몫이 결코 녹록하지는 않으리라. 그동안 못한 언니 노릇을 톡톡히 해야 하건만 나는 야무진 동생의 도움을 벌써 많이 받고 있다.

동생네가 이사 나간 후 어느 날 전화를 걸었다.

"하민아, 저녁 뭐 먹었어?"

조카가 받기에 대뜸 물어보니 "라면이요" 한다. 라면이 먹고 싶었나, 아니면 남편 없는 밥상 이것저것 차리기 귀찮았나.

"주말에 이모 집에 와. 맛있는 거 많이 해 놓을게."

"이모, 오늘이 D-69일이에요."

"뭐?"

"방학에 한국 가는 거요."

제부가 연휴에 주말 끼워 다녀갔건만, 애들은 한국을 벌써 그리워한다. 아니 아빠랑 모두 모여 사는 것을 원하는 것이다. 아이들 행복 때문이라지만 기러기 가족 결정이 과연 잘한 일인지.

아이의 살림을 내보내며

    LA에 20년 넘게 살았지만, 다운타운은 항상 낯설다. 나의 모든 생활이 사는 동네 근처에서 이뤄지는 이유도 있지만, 워낙 타고난 길치이고 겁이 많아 낯선 곳으로 운전은 삼가는 편이다. 몇 년 전 학회 참석차 미국에 온 친구가 LA의 빌트모어 호텔에 머무른다기에 찾아가는데, 역시 헤매고 말았다. 목적지를 한번 놓치니 돌아오려 해도 일방통행이 잦아 애를 먹었다. 갑자기 서울 나들이하는 시골 쥐가 된 느낌이랄까.

    졸업 후 다운타운에서 직장을 다니게 된 아이는 회사 근처로 집을 얻어 나가겠다고 했다. 출퇴근에 드는 시간이 아깝다는 이유를 댔지만, 운전이 능숙지 않은 탓이다. 면허는 고등학교 때 땄으나 운전을 안 해서 완전 초보다. 10년 된 내 차를 주고 운전 연습을 시켰지만, 한동안은 물가에 내놓은 아이마냥 불안할 터이다. 회사의 우편번호를 zillow앱에 넣으니, 리스팅이 많이 떴다. 컴퓨터로 주소를 찍어 동네 정보를 검색하니 매일 업데이트된 리스트가 인스타, 페이스북 등 소셜미디어에 뜬다. 우리의 일거수일투족을 감시하는 빅 브라더의 위력을 새삼 느꼈다.

규모가 크고 호텔 같은 시설을 자랑하는 아파트는 Airbnb 손님으로 보이는 사람들이 컨버터블을 타고 시끄러운 음악을 꿍꽝거리니 눈에 거슬렸다. 이틀간 발품을 팔아 회사에서 두 블록, 홀푸드마켓에서 두 블록 거리의 2년 된 아파트를 찾았다. 500스퀘어 핏의 스튜디오로 방도 따로 없지만, 개인이 사용할 수 있는 사무공간이 별도로 있는 것과 조용한 분위기가 마음에 들었다. 12개월 계약에 한 달 렌트를 빼주는 조건으로도 유틸리티와 주차비를 계산하면 2,500달러를 훌쩍 넘는다. 천정부지로 치솟는 다운타운의 렌트비는 곧 뉴욕과 맞먹을 것 같다.

낮은 임금과 실업으로 상승하는 주거비를 감당 못 하고 거리로 내몰린 노숙자 문제를 실감 못 하다가 가까이 직접 보니 슬픈 마음이 든다. 화려한 외관을 자랑하는 다운타운에서 기본 인권도 보장받지 못하고 비참한 삶을 이어가는 노숙자들은 천사의 도시 LA의 그늘이다.

매일 같이 운전 연습을 시킬 겸 음식을 갖다주러 다운타운으로 간다. 그동안 이름만 들어본 유명 레스토랑이며 영화에서 보았던 건물들이 비로소 눈에 들어온다. 부모는 일 끝나고 막히는 프리웨이를 한달음에 달려갔건만 아이는 우리가 볼일을 끝냈으니 빨리 돌아갔으면 하는 눈치다. 인턴할 때 만났던 3년차 변호사들이 많이 해고 되거나 다른 곳으로 옮겼다며 매일 인터뷰하듯 긴장된 상태로 보내야 한다나. 파트너의 눈 밖에 나면 끝이란다. 형만한 아우 없다더니 큰딸아이라면 힘든 일이 있어도 부모 걱정할까 봐 속으로 삭였을 텐데, 마음속에 있는 말을 기어이 하고 마는 아들에게 실망이다. 앞으로 더 서운할 일이 많겠지.

아들 덕분에 다운타운 지리를 마스터한 것으로 감사해야겠다. 집으로 가는 길, 야경이 멋지다. 나도 언젠가 저녁노을 짙게 물든 하늘을 바라보며 멋진 야경의 루프톱 바에서 칵테일 한잔할 날이 올까.

(미주 중앙일보 〈이 아침에〉 2019. 10. 4)

36년 만에 만난 친구들

　고교를 졸업한 지 36년 만에 미주 동기 모임을 가졌다. 미시간에 사는 친구가 카카오톡으로 연말 인사를 한 것이 시작이었다. 각자 연락되는 친구를 카톡방에 초대했다. 뉴욕, 뉴저지, 미시간, 버지니아, 오하이오, 일리노이, 애리조나, 조지아, 캘리포니아와 토론토까지 흩어져 살고 있었다.

　온라인에서 소식을 전하다가 '한번 모이자'로 의견을 모으고 친구들이 가장 많이 사는 캘리포니아에서 첫 번째 모임을 하기로 했다. 5~6시간씩 비행기를 타야 하는데 겨우 2~3일 놀자고 올까 싶었지만, 친구들은 항공권을 끊고 호텔을 잡았다. 식당을 예약하고 작은 버스도 대절하며 계획을 짰다. 비둘기호 완행열차를 타고 경주 수학여행을 손꼽아 기다리던 사춘기로 돌아간 듯 설레는 시간이었다.

　예약한 식당에는 '여의도 미주 동창회' 배너를 걸고 흥겨운 음악을 곁들인 동영상이 돌아가고 있었다. 빛바랜 흑백사진 속 천진한

얼굴들이 정겹다. 소풍 가서 포크댄스 하는 사진(여의도는 당시에 드
문 남녀공학이었음), 합창대회, 생활관 입소 등 잊었던 일들이 새록새
록 생각나는 사진들이다. 체육대회 피날레로 남학생들이 여장하고
퍼레이드 하는 모습에선 모두 웃음이 빵 터졌다. 처음에는 서먹했으
나 추억을 공유한 친구들이라 금세 가까워졌다. 어느 누구 하나 까
탈 부리거나 나대지 않아 좋았다. 딱 그 시절로 돌아가 즐겁고 편안
한 마음이었다.

밤늦은 시간까지 웃고 떠들다 헤어진 후, 다음날 버스 투어를 했
다. 섬마을 여의도 출신이라고 가이드분이 롱비치에 있는 네이플즈
섬(Naples Island)으로 데려가셨다. 3개의 작은 섬을 다리로 연결하
고 그사이에 배가 다닐 수 있는 운하가 있다. 이탈리아의 베니스처
럼 곤돌라가 실제로 운행 중이다. 운하를 끼고 양옆으론 동화 속에
서 봄 직한 예쁜 주택들이 있다. 아기자기 꾸며놓은 앞마당에 나와
커피를 마시며 독서하는 주민도 보인다. 이곳은 정신없이 바삐 돌아
가는 세상과는 상관없이 시간이 평화롭고 느리게 지나가는 듯하다.

다음 목적지는 팔로스버디스의 유리 교회, 나는 집 근처라 가끔
산책하는 곳이니 새로울 것도 없지만 같은 곳이라도 누구와 오느냐
에 따라 다른 느낌을 준다는 말이 맞나 보다. 봄 햇살을 받아 찬란하
게 빛나는 나무를 바라보며 산들바람에 실려 오는 태평양의 바다
냄새와 새소리를 어릴 적 동무들과 함께하니 행복하다. 마침 결혼식
이 있어 교회 건물 안으로 못 들어가서 아쉽지만, 어여쁜 청춘 남녀
가 만나 가정을 이루는 모습이 흐뭇하다.

게티 미술관에 가서도 예술품 감상은 뒷전이고 파라솔 아래서 커피 마시며 수다 삼매경이다. 밀린 안부와 살아온 얘기가 길어져 투어로 예정된 장소를 절반도 못 갔다. 까마득한 여의도 시절을 추억하며 웃고 떠들다 보니 이것이 바로 행복이고 힐링이 아닐까 싶다.

인생은 때로 예기치 않은 일로 행복해진다. 꿈같은 이틀이 훌쩍 지났다. 방전된 배터리가 충전된 듯하다. 멀리서 어려운 길 날아온 친구들 고맙다. 내년에 또 볼 것을 약속했다. 여의도 윤중로 벚꽃이 연상되는 버지니아는 어떨까.

(미주 중앙일보 〈이 아침에〉 2018. 5. 14)

춤바람

 몸을 움직이는 운동은 보는 것도 하는 것도 싫어한다. 좁은 운동
장 대신 수영장이 있는 초등학교에 다녀서 할 줄 아는 운동은 학교
건물 옥상에서 하던 피구와 수영이 유일하다. 중고교 때 체육은 주
로 체력장연습과 자율학습으로 때우기 일쑤였다. 제대로 아는 운동
의 규칙 하나 없고, 체육은 내신 성적에 별 영향을 끼치지 않아 못해
도 대충 봐주는 분위기였다.
 아이들 어렸을 때 테니스 레슨을 시키며 기다리는 시간이 아까워
같이 레슨을 받았는데 테니스엘보를 다쳐 그만두었다. 아이들 크고
나선 골프를 배웠지만, 성질 급한 내겐 잘 안 맞아 지지부진했다.
이렇듯 운동과 담쌓고 살다가 중년을 넘기니 군살도 장난이 아니고,
맵고 짠 것을 좋아하는 식성 탓에 혈압도 걱정되었다. 운동이 선택이
아닌 필수가 되었다. 그러던 중 지인의 권유로 라인댄스를 다니게
되었다. 어느덧 2년을 꾸준히 하고 있으니, 끈기 없고 몸 움직이는

것 자체를 싫어하던 나로서는 기적이다. 매일 재보는 체중계의 눈금은 변함없으나, 오랜만에 보는 이들은 인사치레로라도 "예뻐졌다, 날씬해졌다" 말하니, 아니라고 손사래 치기는 하지만 기분은 좋다.

춤이라면 대학 때 체육으로 한 포크댄스와 종로의 '코파카바나'라는 이름의 디스코텍에 몇 번 간 것이 전부이다. 삼면에 전신 거울이 달린 스튜디오에서 오래 배운 다른 멤버보다 두세 템포 느리게 '엉거주춤'을 춘다. 솔직히 처음에는 라인댄스가 주로 시니어들이 한다는 선입견이 있었다. 하지만 그것이 큰 착각임을 깨닫는데, 단 하루도 걸리지 않았다. 60이 넘었다는 선생님은 숱 많고 긴 생머리를 하나로 묶은 뒷모습이 20대라 하여도 믿을 정도이다. 멤버들은 나이는 시니어지만 몸의 민첩함은 30대 같다. 분명 학창 시절 공부 우등생이었을 이들은 노트를 갖고 다니며 스텝 설명을 적고 안무 그림도 그린다. 쉬는 시간에도 잘 추는 이들에게 물어가며 복습한다. 반면 나는 스텝 따라 하기도 벅차고 갑작스러운 운동에 놀란 다리가 후들거려 의자에 앉아 쉬기가 바쁘다. 용기를 주는 선생님은 '누구나 첫날은 있는 겁니다.'라며 맨 앞의 자리를 마련해 주었다. 자꾸 틀리면서 앞에 서 있기 민망하여 맨 뒤로 갔더니 춤추다 뒤로 돌 때 보고 따라 할 이가 없어 낭패였다. 잘 추는 분들을 앞뒤 좌우로 위치를 잘 잡아야 눈치껏 따라 할 수 있는 요령도 터득했다. 저절로 가자미눈이 되었다.

무용 전공자도 아닌 선생님은 20대 중반 이민 온 후 IBM에서 30년 근무하다 은퇴하셨다는데, 아직도 새로운 춤을 배우러 클래스

를 다닌단다. 그 열정과 에너지가 놀랍다. 한참을 다닌 후에야 스텝
이 외워져 슬슬 재미가 붙기 시작했다. 친구에게 같이 가자 했으나
노인들과 있으면 기가 빨린다며 싫단다. 대부분 이민 1세대로 꽃집,
세탁소, 식당, 자바시장 등에서 열심히 일하며, 살림하며, 자식들도
훌륭하게 키워낸 슈퍼우먼들이다. 까마득한 이민 후배인 나로서는
기를 뺏기기는커녕 열정의 기를 팍팍 받는다.

잠시라도 딴생각하면 스텝을 놓치므로, 춤추는 동안 일상의 고민
과 스트레스를 잊고 집중할 수 있다. 운동으로 땀나게 두 시간을
보내다니 내게는 꿈같은 일이다. 음악 들으며 춤추는 두 시간이 어
떻게 흘러가는 줄 모르게 즐겁다. 나는 올빼밋과로 아침엔 항상 비
몽사몽이라 입맛도 없어서 아침밥을 거르기 일쑤이나 춤을 시작하
고는 아침밥을 꼭꼭 챙겨 먹는다. 빈속으로 갔다간 허기져서 힘들
다. 건강도 좋아졌는지 처음에는 숨도 차고 다리도 후들거렸으나
이제는 아무렇지도 않다.

러시아로 선교사 파송 받은 목사님이 한동안 같이 배웠다. 청일점
이라 쑥스러울 텐데 누구보다 열심히, 그리고 잘하셨다. USC에서
영화를 공부 중인 그분의 아드님께 DVD 제작을 의뢰하여 우리 춤이
기록으로 남게 되었다. DVD는 초보자들 연습용 교재로 활용도 되고,
목사님 아드님께 금전적 도움도 줄 수 있으니 일거양득인 셈이다.

자바에서 의류 사업하는 분이 직접 디자인한 검정과 분홍색 춤
복을 두 벌씩이나 선물했다. 몸에 착 달라붙는 천으로 금박의 러플
이 달린 상의와 판탈롱 바지, 그리고 아랫배 가리는 데 안성맞춤인

반짝이 랩스커트이다. 검정은 축소 색이라 날씬해 보여 애용하고 있다. 핑크는 아직 때가 아닌 듯싶어 옷장에 잘 모셔 두었다. 몇십 년 만에 제일 심한 불경기라는 요즘 50벌도 넘게 해주었으니 그 마음이 고맙다. 꽃무늬 레깅스를 가끔 입는 통 큰 사장님이다.

잠이 덜 깬 아침, 춤 복에 무용 신을 신고 스튜디오 마룻바닥에 선다. 음악이 나오면 어릴 적 읽은 동화 '빨간 신'의 주인공 '카렌'이 된 듯 신나게 춤을 춘다. 허모사비치의 한 극장에서 하는 대규모 댄스 페스티벌에 우정 출연으로 초대되어 정식 무대 데뷔도 한 셈이 다. 일주일에 세 번, 두 시간씩 있는 클래스에 가급적 빠지지 않았더니 이젠 제법 잘 추는 축에 속한다. 처음 온 이들이 나를 보고 따라 하는 수준에 이르렀다. 룸바, 차차, 탱고, 맘보, 힙합 등을 말로 설명은 못 해도 음악을 들으면 몸이 기억한다. 춤에 소질 있는 이들은 몸동작이 격렬해서 초보자가 따라 하기 힘들지만, 몸치였던 나의 춤은 선생님 설명을 정확히 지키므로 따라 하기 쉬운가 보다. 자기 앞에 서달라고 부탁하는 초보자까지 생겼다. 묘한 성취감이 생긴 다. 살다 보니 이런 날이 왔다.

"학예회 가느냐, 입시생 엄마가 아주 춤바람났구먼"하는 남편에게 "한번은 춤 선생님 남편이 오셔서, '바쁜 선생님이 살림은 언제 하시냐'고 물으니 '저는 밥 굶기를 밥 먹듯 합니다' 하시던걸" 하며 대답해 주었다. "얼른 다녀와서 새 밥 지어 점심 도시락 맛있게 싸다 줄게"하고 삐딱선 타려는 남편 살살 달래고 춤 클래스에 늦을까 봐 서둘러 차의 시동을 건다.

눈 뜨고도 코 베이는 세상

신용카드를 주로 사용해서 지갑을 열 일이 좀처럼 없다. 그런데 모처럼 파머스 마켓에 갔더니 현금이 필요해 지갑을 꺼냈다. 어머나, 며칠 전 우편으로 받은 코스트코의 리베이트 수표가 곱게 접혀 들어있는 것이 아닌가. 내가 분명 잘 둔다고 넣은 것일 텐데, 수표를 받았다는 사실조차 잊고 있었다.

오랫동안 안 하던 페이스북을 최근 다시 시작했다. 사진도 저장할 겸 메모장처럼 사용한다. 나이 들며 점점 약해지는 기억력도 보완해 주니 편리하다. 나는 까맣게 잊고 있던 리베이트 수표를 발견하고 공돈이 생긴 양 흥분한 일을 페이스북에 포스팅했다.

좀처럼 전화나 텍스트를 보내지 않던 아들이 메시지를 보냈다. 아들이 엄마한테 관심을 가진다고 스스로 가스라이팅하며 반가운 마음에 얼른 메시지를 열어보았다. 내가 오늘 페이스북에 올린 것을 보고 따끔한 지적을 한다.

"바코드랑 숫자가 있는 리베이트 수표 사진을 페이스북에 올리면 누군가 나쁜 사람이 온라인으로 이용하든지 수표를 스캔해서 사용할 수 있어요. 엄마가 흥분할 때마다, 틀린 결정을 내리지 않으려면 행동하기 전에 먼저 생각하세요."

"걱정해 주니 고맙다. 내가 생각이 짧았네."라고 답장을 보냈다. 아들이 나를 부주의한 관종 엄마로 생각했을까. 물가에 내놓은 어린 애로 보는 것은 아니겠지.

중고교 동창인 친구 두 커플과 미뤄두었던 환갑여행을 다녀왔다. 시카고, LA, 버지니아에 흩어져 살다가 십 년 전쯤 페이스북을 통해 만난 귀한 인연이다. 라스베이거스까지 비행기로 가서 유타, 애리조나, 네바다의 일곱 개 협곡을 돌아보는 여정이었다. 까르르 웃음 많은 사춘기로 돌아가 수학여행과 생활관 입소의 추억을 되새겨 보았다. 내 생애 최초의 에어비앤비(Airbnb) 경험도 특별했고 친구가 권유해서 유튜브 국민체조로 하루를 시작한 것도 기억에 남았다.

추억이 될 사진과 간단한 메모를 페이스북에 공유하고 싶었지만, 여행을 마치고 집으로 돌아올 때까지 참았다. 여행 사진을 실시간으로 공유해서 도둑이 들은 유명 연예인기사를 기억했기 때문이다. 솔직히 우리 집에 훔쳐 갈 만한 값진 물건도 없지만, 여행으로 집을 비웠다는 사실을 알리는 것은 주저된다. 심지어 어떤 주택보험사들은 집에 도둑이 들었을 때 집주인이 SNS에 사진으로 집을 비웠음을 암시했는지도 확인한다니 놀랍다. 범죄자들이 소셜미디어를 활용해 빈집을 찾고 있다는 사실을 말해준다.

온라인상에서 자신의 일상을 공유하고 타인과 소통하는 것이 일반화된 시대다. 소셜 네트워크에 개인정보를 노출하면 사기꾼의 표적이 될 수 있다는 것을 알지만 무의식중에 같은 실수를 종종 범한다. 사이버 범죄는 훨씬 복잡한 수법으로 진화를 거듭하고 있어 아무리 조심해도 지나치지 않다. 눈 뜨고도 코 베이는 세상이다.

(미주 중앙일보 〈열린 광장〉 2024. 4. 17)

삶의 예기치 못한 복병들

"밖에 트렁크 열어놓은 차 당신 거지?"

깜짝 놀라 나가 보았다. 우리 가게 앞은 손님들이 차를 쉽게 대라고 양보하고 나는 항상 멀찌감치 차를 댄다. 저 멀리 나란히 주차된 차들 중 내차 트렁크 문만 활짝 열린 게 보인다. 이게 무슨 일이람, 머릿속이 갑자기 하얘진다. 나이 들며 점점 까칠하고 인정머리 없어지는 남편은 내 건망증을 염려하는 척하며 당장 병원에 가서 치매 검사를 받아보란다. 환자로 몰려 빈축을 사도 달리 변명의 여지가 없다.

작년에 치매 진단을 받은 친정아버지 얘기를 꺼내며 유전 운운 안 하는 것만으로도 다행이다. 남편에게 그만한 눈치가 생기기까지 참 오랜 세월이 흘렀다. 평소 입바른 말을 잘한다며 남편에게 '깐죽이'라고 종종 놀림을 받는 나도 오늘은 입을 꼭 다문다. 이젠 말을 아껴야 가정의 평화가 유지됨을 알기 때문이다. 가깝다는 핑계로 서로 심기를 건드리고 상처 주는 말을 얼마나 많이 했던가.

남편이 홈디포에 간다기에 내 차를 가져가 근처 코스코에서 기름을 넣어달라고 부탁했다. 수영가방, 컴퓨터, 책 등으로 어지러운 차를 보면 분명 잔소리하겠지 싶었다. 차 안에 있는 물건을 트렁크로 옮긴 것은 기억이 나는데 그 후로는 생각이 안 난다. 필름이 끊겼다는 게 이런 건가. 내가 살며시 닫은 문이 스르륵 저절로 열렸나, 설마 자동차 문 닫는 걸 까먹었을 리야.

친구랑 산책 중에 내가 치매 환자로 몰린 얘기를 했다. 딸기 몇 알 남은 거 오랜만에 집에 들른 아들 먹이려는데 날름 집어먹는 남편을 제지했더니 삐졌다며 흉을 보았다. 친구는 삼겹살을 굽다가 자기는 고기 뒤집고 한입 크기로 자르며 가족들 시중드느라 한 점도 못 먹었는데 남편이 "이제, 그만 굽지" 하더란 얘기를 했다. 코로나 사태로 막연한 공포감에 움츠러들었다가 눈치 없는 남편들 덕분에 크게 소리 내어 웃었다.

영원히 중년일 줄 알았다. 노년의 삶을 진지하게 고민한 적이 없다. 열심히 일하고 저축해서 돈 걱정 안 하며, 건강을 챙겨 은퇴 후 여행이나 많이 다니자 했다. 깜박깜박 건망증이 생기니 종국에는 치매가 올 수도 있겠다. 더군다나 친정아버지가 치매가 아닌가. 건강한 생활 습관과 건강한 뇌 만들기는 치매에 대한 보험이란다. 규칙적인 운동과 채소와 생선을 골고루 먹기, 부지런히 읽고 쓰기를 통해 뇌 건강을 유지하라는 조언이다.

사상 초유의 코로나 사태가 우리의 일상을 집어삼킨 듯하다. 백신과 치료제가 개발될 때까지 자주 손 씻기와 사회적 거리 두기를 하라는 지침밖에 없으니 답답하다. 모두 '설마 내가' '혹시 내가' 하며 불안한 마음이다. 혹시 있을지 모를 도시 폐쇄에 사재기 난전을 만드니 인간 이기심의 극치를 본다. 치매와 코로나바이러스는 삶의 예기치 못한 복병이다. 예방책이 나와 있으니 철저히 실천하며 의연한 자세를 보여야 할 텐데. 그나저나 체육관도 못 가고 주말 산행도 모두 취소되니 규칙적 운동을 어디서 해서 면역력을 키우나. 침이 안 튀길 정도의 거리를 두라니 남편과도 각방을 써야 하나. 그간 평범한 일상이 기적이었다.

(미주 중앙일보 〈이 아침에〉 2020. 3. 20)

이사하며 다시 찾은 남편

　하필이면 131년 만에 제일 덥다는 날 이사를 하게 되었다. 일꾼 세 명 중 한 명이 아파 둘만 보낸다는 연락을 이삿날 아침에 받았다. 오후에 한 명을 더 충원해 주겠다며, 사람이 하는 일이니, 이해해 달라는 데 도리가 없었다. 셋이 할 일을 둘이 하니 땀을 비 오듯 흘린다. 얼음물과 수박을 권했으나 에너지 드링크를 달란다. 고농축 카페인 음료로 버티는 고단한 삶이 안쓰럽다.

　렌트 줄 요량으로 작은 타운 홈을 샀다. 에스크로가 끝난 후 주인이 최소 2년 거주한 후 렌트 줄 수 있다는 규정을 알게 되었다. 그런 조항을 몰랐고 이사할 형편이 아니니 예외를 허가해 달라는 이메일을 집주인협회(Homeowner's Association)에 보냈으나, 집을 살 때 규칙도 함께 산 것이며 예외 없다는 답장을 받았다. 개인의 재산권을 함부로 침해하는 HOA에 화가 났다. 영어라도 유창하면 HOA 미팅에 나가 따지기라도 할 텐데, 이민자의 답답함을 느껴야 했다.

떠밀리듯 내키지 않는 마음으로 이사 가려니 짐 싸는 것도 더뎠다. 집 떠난 아이들 물건은 무엇을 버리고 무엇을 가져가야 할지 알 수 없었다. 그것을 없애서 '엄마 집'이 넓어진다면 없애라는 딸의 말에 어이가 없었다. '우리 집'이 아니고 '엄마 집'이란다. 나는 아직도 자식 바라기로 아이들 성적표며 상장, 편지, 그림 등속을 애지중지해 왔는데 서운했다.

짐 정리를 하면서 '바꿀 수 없는 것을 받아들이는 평온함과 바꿀 수 있는 것을 바꾸는 용기를, 그리고 그 차이를 분별하는 지혜를 주소서.'라고 쓰인 기도문을 보았다. 지키라고 만든 규정을 받아들이자. 아이들이 떠난 후 집을 줄여야 한다고 생각은 했으나 엄두를 못 냈는데, 잘 됐다고 생각하자. 억지로 이사한다는 개운치 않은 마음을 훌훌 털어버리자. 상황을 받아들이니 평온한 마음을 가질 수 있었다.

부엌과 화장실이 쌈박하게 수리돼 있어 쉽게 세입자를 구할 수 있겠다는 애초의 생각과는 달리 막상 이사를 들어가자니 손댈 곳이 새록새록 나왔다. 부엌과 식당, 패밀리룸 바닥이 핑크색 타일인 게 마땅치 않아 마루로 바꾸려니, 같은 재료를 구할 수 없어 집안 전체의 마루를 바꿔야 했다. 페인트를 새로 칠하고 클로짓을 바꾸니 제법 아늑하다.

집수리를 하면서 28년 전 신혼집의 도배지를 고르고 커튼을 고르던 생각이 났다. 한때는 부부싸움이라고는 모르는 잉꼬부부였는데, 세월이 흐르며 서로 말꼬리 물고 늘어지는 권태기 부부가 되었다.

아이들 중심으로 살다가 아이들이 빠져나가니 중심을 잃은 수레마 냥 삐꺽거렸나 보다. 삶의 중심을 부부 중심으로 바꿀 때이다.

남편이 역류하는 세탁기를 고쳤다. 20년 미국 생활에서 웬만한 집수리는 스스로 하더니 요즘은 유튜브의 도움으로 더 노련해졌다. 항상 아이들에게 밀려 3순위이던 남편, 이제야 앞으로 내 인생에서 누가 제일 중요한지 알겠다.

아직도 풀지 못한 박스가 거라지에 쌓여있다. 남편이 뭘 그렇게 사들였냐고 잔소리해도 말대꾸하지 말아야지. 흐트러진 남편의 신발 을 가지런히 놓았다.

서울 다녀온 후 무거운 마음

공항버스를 타고 가겠다는데도 엄마는 이사한 새집을 내가 못 찾을까 염려하며 부득부득 공항에 나와 계셨다. 노후 대비책으로 마련한 아파트가 8개월 이상 월세가 나가지 않아서 할 수 없이 이사한 집이다.

엄마는 요즘 내가 실천하려는 미니멀리즘을 이미 이루신 듯하다. 꼭 필요한 것만 있어서 모델하우스같이 깔끔하다. 거실에서 남산타워와 고층 건물이 보이는 야경도 좋다. 남산타워는 밤에 초록색으로 빛났는데, 초록은 미세먼지 농도 '보통'을 의미한단다. 안방에는 새로 꾸민 이부자리 두 채가 나란히 깔려있다. 오랜만에 엄마랑 단둘이 자게 되었다. 누워보니 사각거리는 느낌이 상쾌하다. 결혼 후 30년이 지났지만, 친정은 역시 편하다.

밤에 코를 심하게 고는 아버지 때문에 부모님은 각방을 쓰신 지 오래다. 아버지 방에 들어가 보았다. 책장은 아버지가 오랜 기간

관여한 동창회의 책자와 신간 베스트셀러로 빼곡하다. 20년 전 퇴직한 후 줄곧 증권사를 드나드는 아버지는 집에 오는 길에 광화문 교보 서점에 들러 책을 사 오신다.

버리는 걸 좋아하는 엄마는 같은 책이 여럿인 것도 있다고 불평이다. 방에서 노인 냄새가 난다. 환기를 위해 창문을 열었다. 어느 틈에 날아 들어와 윙윙거리는 왕파리를 증권사 잡지로 후려쳐 명중시키는 엄마, 84세 할머니의 민첩성이라니.

3년 만에 만난 아버지는 많이 야위셨다. 팍 쪼그라들었다는 표현이 더 적절하다. 15년 전부터 보청기를 썼으나 적응을 못 하셔서 글씨로 소통해 왔다. 가족 간의 대화는 차츰 줄고 증권사를 나가는 시간을 제외하곤 하루종일 TV를 크게 틀어놓고 계신다.

내가 서울에 올 때마다 늘 반가운 표정으로 "내 귀가 고장 나서 미안해."라고 말씀하셨다. 내 두 손을 잡고는 빳빳한 5만 원짜리 신권으로 100만 원을 채운 봉투를 주셨는데, 이번엔 무표정한 얼굴로 나를 빤히 쳐다보고 아무 말도 없다. 나를 못 알아보는지 아는 체도 않고 봉투도 안 주시니 아버지가 정상이 아니다 싶다. 매달 주식을 팔아 생활비를 집에 가져오신다기에 "우리 아버지 숫자에 밝으시니 치매는 안 걸리겠네." 했는데, 고립무원의 세계에서 홀로 외로운 노년을 보내는 아버지가 가엾고 쓸쓸하다.

부모님을 모시고 동생과 함께 강릉에 갔다. 양양 고속도로를 타니 2시간 남짓밖에 안 걸린다. 호텔 총지배인 고교 동창이 스위트룸으로 업그레이드해 줘서 사방에 바다가 보이는 호사스러운 방이다.

머무는 것만으로도 힐링이 된다. 사흘 동안 방에서 동해 일출과 일몰을 보았다. 대관령 양떼목장, 오죽헌, 낙산사에 들렀다. 수십 년 전 부모님이 어린 우리를 데리고 가족여행을 왔던 코스다. 부모님이 연로하시니 이런 기회가 앞으로 또 있을 수 있을까.

내가 LA로 돌아온 후 아버지가 넘어져 응급실로 가서 CT를 찍었다는 연락을 받았다. 다행히 골절은 없으나 다리에 힘이 없으니, 앞으로 혼자 외출이 안 되겠다. 증권사 나가는 일 말고는 당신의 존재 이유를 찾지 못하는 분인데…. 자존심 때문인지 지팡이도 없이 외출하겠다고 고집을 부리니 서울의 가족들 모두 비상이 걸렸다. 아무도 몰래 증권사를 가실까 걱정인 것이다.

멀리 산다는 핑계로 아무 도움이 못 되는 나는 마음이 무겁기만 하다.

(미주 중앙일보 〈이 아침에〉 2019. 4. 11)

사랑이라면

생각만 해도 가슴이 뛰다 못해 가슴이 저린 사람과 결혼을 꿈꾸던 시절도 있었다. 하지만 꿈일 뿐 현실은 내게 그다지 친절하지 않았다. 주말마다 성사율이 높다는 리버사이드호텔 커피숍에 나가 맞선보기에 진력이 날 때쯤 지금의 남편을 만났다. 사형제 중 셋째라는 건 시집살이에 대한 막연한 두려움을 갖던 내게 충분히 매력적이었다. 얄미운 시누이도 없고 시부모를 모실 가능성이 낮다고 믿었던 게다. 중매인 터라 어느 정도 조건은 이미 맞춘 상태였고 허황함을 알면서도 내가 항상 주장하는 그놈의 믿지 못할 '느낌'도 괜찮았다. 뿔테안경 속 크게 쌍꺼풀진 눈이 송아지의 그것을 닮아서 마음에 들었다면 누구라도 웃겠지.

핸드폰은커녕 삐삐도 없던 시절, 호텔 종업원이 두부 종 달린 작은 칠판에 이름을 써 들고 말쑥한 차림새의 처녀 · 총각들 사이를 지나가면, 화장실에서 충분히 점검했어도 작은 손거울을 꺼내어 얼굴을 몰래 들여다보곤 했다. 첫 만남에서는 한여름이라도 뜨거운 음료를 마시고 식사는 하지 말라는 엄마의 당부를 콧등으로 흘려듣는 척했지만, 커피를 시키고 배가 안 고픈 양했다.

6개월 후에 상견례, 약혼식, 결혼식을 후다닥 치르니 인륜지대사를 성급히 결정했다는 비난을 피하긴 힘들다. 어느 비 오던 날 우산 하나를 나눠 쓰며 명동 거리를 걸을 때 서로의 팔이 닿을까 봐 긴장했던 순간은 아직도 생생하지만, 그 당시 풋풋한 설렘은 추억 속에만 존재한다.

25년이라는 긴 세월 동안 가족에게 헌신하는 가장의 모습은 나의 처음 '느낌'을 확인시켜 주었지만, 살면서 이런 사람이었나 하고 기막혀한 적도 많다. 그도 더하면 더했지, 덜하진 않았으리라. 갱년기에 접어들면서 부부의 갈등은 극에 달하지만 각자 취미를 가지며 서로 덜 부딪히면서 슬기롭게 지나가나 싶었는데, 삶의 복병은 늘 예기치 못한 곳에 숨어있다.

복부초음파를 하다가 남편 간에서 5밀리의 혹이 발견되었다. 주치의의 권유대로 MRI를 찍고 간 전문의를 소개받아 진찰받는 일련의 과정들을 지켜보아도 남의 일만 같았다. 혹의 크기와 위치가 조직검사를 하기에 적절하지 않으니 두 달 후 다시 사진을 찍어보자는 의사의 말이 무책임하게 느껴져 답답했다. 건강 문제에 관해선 최악의 시나리오에 매달리게 되는가 보다. 남편이 인터넷에서 간암에 대한 정보를 찾아본 흔적을 보니 마음이 아리다. 힘든 이민 생활 중 내뱉지 못한 울분과 아픔이 속으로 곪아 혹이 되었을까. 당신은 가장이니까 하며 희생과 양보를 강요받다 지쳤나. 가정은 부부가 함께 끌어가는 수레인데, 무거운 짐으로 얹혀 살아왔으니 혹 생긴 것이 내 탓인 듯하여 미안하다. 가엾다.

산에서 구했다는 겨우살이와 상황버섯을 얻었다. 커다란 유리 냄비와 말린 무청, 표고버섯, 그리고 ≪야채수프 건강법≫ 책도 선물로 받았다. 간에 좋다는 부추와 미나리 모종을 얻어 뒷마당에 심었다. 세상이 혼자 사는 듯싶어도 더불어 살아감을 느낀다. 사람의 정이 고맙다. 힘을 얻는다.

마음을 추스르고 눈물을 닦는다. 비 온 뒤에 땅이 더욱 단단해지고 공기는 신선해지겠지. 웃자란 부추를 자르다 별같이 생긴 하얀 부추꽃을 보았다. 어느새 까만 씨가 매달린 꽃대도 있다. 꽃대는 여느 부추와는 달리 하늘거리지 않고 꼿꼿하여 쉽게 꺾을 수 없다. 부추의 꽃대를 닮으리라. 이렇게 쓰러질 수는 없다.

임신 중 불룩한 배로 발톱 깎기 힘들 때면 남편이 깎아주곤 했다. 공유할 수 있는 추억이 있다는 건 삶의 큰 위로이다. 영어단어 Live와 Love가 철자 하나만 다른 것처럼 살아가는 일은 사랑하는 일이라지. 요즘 남편을 생각하면 어디서고 뜨거운 눈물이 흐른다. 눈물의 의미를 생각해 보니 그것은 사랑이다. 사랑이라면 사랑의 힘으로 이겨낼 테다.

88세 할머니의 덕질

한국의 동생이 카톡을 했다. 가수 임영웅이 필리핀에서 상을 받는데 엄마가 거기에 가고 싶어 해서 고민이란다. 동생은 아이들 방학을 맞아 취소할 수 없는 여행 계획이 있다나. 개인 콘서트라면 나라도 한국에 나가 모시고 가겠지만 수상식이라니 노래 한두 곡 하는 것이 다일 텐데 군이 갈 필요가 있을까, 핑계를 찾는다. 멀리서 살아 동생에게 부모님 시중을 떠맡겨 온지라, 마음이 개운치 않다.

'미스터 트롯' 프로그램을 시작한 TV조선에 친지가 있어서 초청권으로 콘서트에 몇 번 가 본 후 엄마의 덕질은 시작됐다. TV에서 보는 것과는 차원이 다른 신세계란다. 가수와 방송사 간의 계약이 끝나 더 이상 초청권을 얻을 수 없게 되자 엄마의 낙담은 커졌다. 표 구하기가 하늘의 별 따기이다. 피케팅(피가 튀는 전쟁터와 같이 치열한 티케팅)이라는 신조어까지 생겼다. 일반 가정에서 사용하는 컴퓨터의 속도로는 어림도 없고 광속을 자랑하는 피시방에서 '피케팅'을 해야 한다.

서울에서 표를 구하기는 불가능했다. 미국은 조금 수월해서 LA 공연 표를 구해 다녀가셨다. 암표 살 돈이면 우리도 만날 겸 미국에 오는 게 훨씬 경제적이란 계산이다. 가수의 팬클럽 '영웅시대'에서 나온 하늘색 후드티를 입고 행여 깨질까 여러 겹 조심스레 싸 온 응원 봉을 꺼낸다. 응원 봉은 공연장 필수 아이템이라 비싸지만 계속 사용할 테니 샀단다. 평생 엄마의 이런 모습은 처음이라 우리는 깔깔 웃었다. 거울을 보고 희미한 눈썹을 새로 그리고 립스틱을 바른 후 공연장인 코닥극장으로 갔다.

엄마는 병상에 누워계신 아버지를 돌아가실 때까지 혼자 돌볼 만큼 건강하지만, 구순을 바라보는 노인이다. 등도 굽고 쪼그라든 엄마에게 세월이 보여 안쓰러웠는데, 덕질을 시작하고부터 눈이 초롱초롱 빛난다. 힘들어하던 스마트폰 사용도 가수의 팬이 되면서 금세 익혔다. 여러 유튜버에게 얻은 정보를 지치지 않고 부지런히 전한다. 노래 실력도 좋지만, 예의 바르고 성품이 훌륭하다고 칭찬이 끊이지 않는다. 일찍 혼자되어 고생하며 외아들을 키운 가수의 엄마와 가수가 대견하고 애틋하단다.

나이 들며 재미있는 일도, 감동할 일도 줄고 매사에 시큰둥해지는 것이 일반적인데, 엄마를 보면 나이는 진정 숫자에 불과하다. 아버지 떠난 빈자리를 손주 나이의 가수가 채워서 허전함을 위로받는다. 누구보다 사리 분별 명확하고 이성적이던 엄마의 뒤늦은 덕질이 당황스럽다. 나는 팬심을 가져본 적이 없다. 학창 시절에도 흔하던 브로마이드를 벽에 붙여본 적 없고 하다못해 문방구에서 팔던 연예인 얼굴을 코팅한 책받침도 없었다. 요즘 유행하는 BTS의 인기 곡이 무엇인지 멤버가 몇 명인지 당최 관심도 없고 알지도 못한다. 메마른 내가 비정상인가. 내가 몰두할 열정과 호기심은 어디 있을 까.

세월은 얼굴에 주름살을 남기지만 우리가 열정과 흥미를 잃을 때 영혼이 주름지게 된다는 법정 스님의 말씀이 생각난다. 어려운 일 있을 때마다 항상 뜨거운 응원과 격려로 든든한 울타리 역할을 해주 던 씩씩한 엄마, 지금 그대로의 모습으로 부디 아프지 말고 계속 영웅이를 벗 삼아 오래도록 우리 곁에 계셔주세요.

(미주 중앙일보 〈이 아침에〉 2023. 12. 20)

보약 같은 친구

'병은 자랑하라'라는 옛 속담처럼 당뇨를 고백하니 같이 운동하자는 친구가 많아졌다. 수필협회 목사님은 차로 우려 마시라며 직접 농사지은 뽕잎과 쇠비름을 쇼핑백 한가득 주셨다. 당뇨라는 시련이 왔으나 운동 친구들이 늘고 선물도 받으니 웃어야 할지 울어야 할지 모르겠다. 사이비 신자지만 '신은 한쪽 문을 닫으면 반드시 다른 쪽 문을 열어주신다.'라는 성경 말씀이 생각난다.

은퇴 후에는 실컷 여행하고 취미와 봉사활동으로 인생의 후반기를 신나고 멋지게 보내고 싶다. 당뇨 따위에 발목을 잡힐 수는 없다. 무서운 합병증을 생각하면 등골이 서늘하다. 끼니처럼 운동을 습관으로 해야지 마음먹었다. 멀리 가려면 함께 가라고 했던가. 의지가 약한 나는 동반자가 꼭 필요해서 매일 파트너를 바꿔서 걷는 시스템을 만들었다. 평일에 친구들과 동네 하이킹을 주로 하지만 다른 일정이 생기면 취소하니 꾸준히 하기가 어렵다.

한인타운으로 일을 다녀 자주 못 보던 친구가 갑자기 전화했다. 주말에 바닷가 백사장 맨발 걷기를 하자며 맨발 걷기의 장점을 장황하게 늘어놓는다. 활성산소 배출을 돕고 신체 여러 부위와 연결된 발의 어떤 지점이 자극돼서 건강에 좋다는 논리다. 우리 몸의 각종 장기에 혈액이 왕성하게 공급돼서 면역력이 좋아진다며 유튜브 영상도 여럿 보내왔다. 이론이 그럴싸하고 오랜만에 바닷바람도 쐴까 하여 따라나섰다.

나는 올빼밋과로 새벽에 일어나기가 어렵지만, 바닷가에 도착하니 잘 왔다는 생각이 들었다. 우선 공기부터 다르다. 안개 낀 새벽 바다의 시시각각 변하는 물빛, 하늘빛은 가히 환상적이다. 촉촉한 고운 모래가 발에 직접 닿는 부드러운 촉감은 신선하다. 바다가, 하늘이, 모래가 나를 감싸 안는 느낌이 들어 이곳에 계속 머물고 싶었다. 갑작스러운 큰 파도에 옷이 젖어 까르르 웃으며 뜀박질로 도망칠 때, 세상 근심 모두 잊고 동심이 된다.

15분만 운전하면 바다가 있는데 왜 까맣게 잊고 살았을까. 신세계로 안내해 준 친구에게 감사한다. 다른 친구 한 명을 데려와서 혹시 한 명이 빠지더라도 둘이라도 꼭 걷자고 약속했다. 전망 좋은 식당에서 맛난 브런치까지 먹고 집에 왔는데 정오밖에 안 됐다. 운동과 힐링으로 아침 충전 빵빵하게 하고 하루도 길어졌으니, 더 이상 바랄 게 없다.

"날개가 있다고 자신의 힘만으로 나는 새는 없다(No bird soars too high, if he soars with his own wing-William Blake)"라는 시구

절을 우연히 찾았다. '자기 날개 힘만으로 날아오르는 새는 결코 높이 날지 못한다'라는 뜻이다. 새들이 V자형으로 날면서 엄청난 에너지를 절약한다고 들었다. 지지해 주는 친구가 날개에 힘을 더해 줄 때 훨훨 날 수 있다는 뜻 같다.

마음이 힘들고 가라앉을 때 나의 사정을 들어만 줘도 위로가 되는 사람, 실수와 어설픔을 채워주고 용기를 주는 사람이 친구이다. 친구의 고마움을 생각했는데, 집에 오는 길에 우연히 라디오 방송에서 〈보약 같은 친구〉 노래가 나온다. 가사를 음미하며 들었다. 친구는 정말 보약 같은 존재이다.

평소에는 새벽 1시 될 때까지 말똥거렸는데, 새벽 백사장 걷기로 밤 10시도 안 된 시간에 나른하고 기분 좋은 피로감이 몰려온다. 나 벌써 아침형 인간이 된 건가.

(미주 중앙일보 〈이 아침에〉 2022. 8. 3)

부메랑이 되어 돌아온 아들

　다운타운에 나가 살던 아들이 아파트 리스가 끝나자, 집으로 들어왔다. 코로나로 재택근무를 하니 비싼 집세 내며 살 필요가 없게 된 이유다. 체육관도 문을 닫아 밖에서 조깅하는데 늘어난 홈리스와 개의 분비물이 널려있어 땅바닥을 보고 달려야 한다나. 넓은 공원이 근처에 있는 부모 집을 선택한 것이다.

　부부 둘만 살아 적막하던 집에 젊은 피 수혈로 활기를 채워주겠지, 내심 설레기도 했다. 등산도 같이 가고 음식도 같이 만들면서 엄마와 아들과의 관계가 돈독해졌으면 했다. 코로나의 선물이라고 환호했다. 하지만 기대와는 반대로 아이는 동부 시간에 맞춰 새벽 5시부터 일을 시작하고 시간 아낀다고 밥도 제 방에서 먹으니 얼굴 보기도 힘들다.

　항상 남과 비교하여 결핍감에 시달리고 입시와 취업 준비로 참교육이 힘든 한국을 떠나 넓은 땅에서 애들을 키우겠다고 미국에 왔지만, 일 핑계로 아이들은 뒷전이었다. 잘 돌보지 못한 자책과 아쉬움에 대한 보상심리가 작용했을까. 남편과 둘이 살 때는 끼니를 어떻게 간단히 때울까를 궁리했는데 아들이 들어오니 메뉴 선정부터 신경을 쓴다. 유튜브와 블로그를 뒤지며 새로운 음식을 대령하느라 종종거린다. 아이 밥 챙겨 먹이기가 제일 중요한 미션이 되었다. 고객 만족 백 퍼센트의 호텔 룸서비스를 지향한다. 최고는 아니라도 최선을 다하겠다는 마음이다. 그중 절정은 시간 없다는 아들을 위해 일일이 게 껍데기 까서 방에 갖다주는 남편이다. 자식이 뭔지.

아이가 들어온 후 전기, 가스, 물, 등 각종 공과금영수증은 올라가고 먹을거리에 신경 쓰니 당연히 엥겔지수도 높아진다. 짐도 제대로 풀지 못하고 일하느라 지쳐있는 아이에게 하숙비를 내놓으란 소리는 안 했지만 제가 눈치채고 얼마라도 내놓아야 하는 거 아닌가. 부모는 자식이 언제고 돌아와도 받아주는 울타리 역할을 해야 하지만 언제까지 자식들의 데빗카드 노릇을 해야 할까. 얼마나 오랫동안 은퇴 이후에 살아가야 할지 모르는 장수 시대인데 지금 우리 자녀는 부모를 봉양하려는 마음도 그럴 능력도 없을 듯하다. 가만 생각하니 내가 내 부모한테 항상 받기만 한 걸 아이가 이십여 년 보고 배웠나 보다. 이제야 부모님께 죄송하다.

아들과 같이 살면서 그동안 떨어져 살아 아쉬운 가족애를 깊게 할 기회가 왔음에 감사하고 아들 직장에서 아직 월급이 나오는 것도 고맙지만 빨대 꽂는 자식 때문에 은퇴는 더 늦어지겠다.

(미주 중앙일보 〈아 아침에〉 2020. 12. 12)

아버지의 약장

내복에 조끼만 입고 계셨다. 시아버님은 은행이나 동사무소 갈 때조차 정장을 챙겨 입고 모자까지 쓰시던 멋쟁이셨는데. 환자 수발에 지친 노인이 오랜만에 보는 며느리에게 희미한 미소를 짓는다. 차라리 침대에 누워계신 시어머니가 곱다. 큰아들을 잃은 슬픔을 이기지 못하여 일상의 기억조차 망각의 강에 흘려보냈는가. 아무것도 모른 채 아이처럼 천진한 시어머니가 오히려 평화롭게 보인다.

환자용 물품들이 많다. 휠체어, 보행기, 이동식 변기, 성인용 기저귀가 보인다. 고관절을 다친 후 자유로운 보행이 힘들어 들여놓은 것이다. 주부가 누워있는 집안은 어수선했다. 고작 2주 동안의 서울 방문으로 아무런 도움이 될 수 없다는 심란한 마음에 그리 느껴졌나 보다. 부엌 창문으로 보이는 분당 중앙공원은 봄을 알리는 개나리와 진달래, 산수유가 한창이건만 집안은 아직도 한겨울이다.

도우미 아줌마의 반찬 솜씨는 수준급이다. 내가 장만해 간 몇 가지 반찬이 하나도 빛을 발하지 못한다.

"나물들이 맛나요. 미국서 먹던 것과는 확실히 다르네요."

"성남 모란장에 가서 사 온 것들이라 그래. 엄마 빨리 낫게 농약
안 준 걸 사려고."

수척해진 아버님 모습에 밥이 안 넘어갈 것 같더니 웬걸 꾸역꾸역
평소보다 더 먹었다.

기다란 식탁 한구석을 약장이 차지하고 있다. 칸칸이 서랍식으로
되어 수납에 편리할 듯싶다. 내용물이 훤히 들여다보이게 투명한
재질로 되어있는 그것은 먼지 하나 없이 반들반들 윤이 나기까지
한다. 서랍에 약 이름과 먹는 시간이 쓰여 있다. 비뚤비뚤한 글씨가
힘없는 구순 노인의 그것임을 말해 준다. 혈압약, 당뇨약, 간약, 골
다공증약, 머리 좋아지는 약(머리 좋아지는 약이 치매약이겠지). 완치
의 보장도 없는 잔인한 병, 60년 결혼생활의 마무리를 당신 손으로
하겠다는 아버지의 헌신에 가슴이 아리다.

혈압으로 쓰러진 시어머니가 퇴원한 후 요양기관에 모시려는 자
식들과 당신 손으로 돌보겠다는 아버지 사이에 의견충돌이 있었다.
집에서 간병하다가 고관절을 다쳐서 자리를 보존하게 되니, 자식들
은 아버지를 원망했다. 게다가 치매까지 오니 상황은 점점 나빠지고
긴 병에 효자 없다고 지쳐간다. 아버지 때문에 엄마가 더 나빠졌다
고 생각하는 자식들은 손님처럼 다녀갈 뿐이다. 딸 가진 부모는 외
국 여행 다니며 호강하지만, 아들만 둔 부모는 서로 모시라고 밀어
내는 탓에 객사한다는 우스갯소리를 들은 기억이 있는데 내 집안의

이야기가 되었다.

저마다 사정이 있는 자식들은 늙고 병든 부모를 시설에 맡길 생각만 하지, 선뜻 모시겠다고 나서는 이가 없다. 나도 아이들을 대학에 들여보낸 후 마음의 여유를 누리고 싶은 것이 솔직한 심정이다. '한창 일할 나이고, 아이들도 아직 독립하지 못했고, 무엇보다도 삶의 뿌리가 미국에 있잖아.' 하며 내가 시부모를 못 모시는 타당한, 그러나 궁색한 핑계를 찾기에 분주하다.

첫아이를 임신했을 때 설거지하던 중이었다. 도배만 하고 들어간 낡은 전세 아파트 부엌의 싱크대가 찌그러져 있었다. 싱크대에 불룩한 배가 닿아 튀기는 물에 옷이 젖는 것을 보셨는지 시아버지께서는 급히 상가로 가서 분수형 수도꼭지를 사 와서 달아주셨다. 자상하심에 매우 행복했던 기억이 아직도 생생하다. 신줏단지 모시듯 집안의 중심에 자리 잡고 있는 아버지의 약장을 보니 옛일이 생각난다. 그후에도 삶의 고비마다 오래도록 든든한 울타리가 되어 주셨는데, 늙고 힘 빠진 모습에 눈물이 난다.

"시간이 되면 다시 들를게요." 하며 지키지 못할 약속을 인사로 한다. 버스 정류장에서 버스를 기다리는데 벚꽃 이파리가 흩날린다. 바람에 떨어지는 꽃잎이 인간의 생로병사와 같이 덧없다는 생각을 잠시 해볼 뿐, 도착한 버스에 냉큼 올라탄다.

30년 차 부부의 대화법

 뉴욕행 항공권을 급히 샀다. 딸이 감기 몸살이 심하다고 죽어가는 목소리로 전화했기 때문이다. 날씨를 찾아보니 화씨 35도로 계속 흐리고 비까지 온다. 계절의 변화가 별로 없는 캘리포니아에 살고 있으니 겨울철 동부를 방문하려면 따뜻한 옷을 꼭 챙겨야 한다. 지난겨울 구입 후 몇 번 안 입은 두꺼운 바지를 꺼내 보고 후크가 고장 난 것을 알았다. 제법 비싸게 준 것이고 내가 고칠 수도 없어서 난감했다.

 마침 연말이라 쇼핑할 것이 있어 쇼핑몰에 간 김에 옷 가게로 가서 바지를 보여주었다. 무료 수선 서비스로 소매와 바지 길이를 줄여주고, 해져서 생긴 구멍까지 꿰매준다니 반가웠다. 나는 후크 대신 단춧구멍을 만들고 단추를 달아줄 수 있는지 물었다. 직원은 내 바지가 이미 단종된 상품이라 수선이 안 된다며 수선대신 어떻게 해주길 원하는지 묻는다.

나는 수선을 원하는데, 직원은 계속 수선 말고 어떻게 해주길 원하는지 물으니 답답했다. 서로 같은 말을 되풀이하며 승강이가 오고 갔다. 혹시 바지에 감상적 가치(sentimental/ emotional value)가 있어서 내가 그 바지를 꼭 소유하고 싶은지 직원이 물었을 때야 비로소 새 바지로 교환해 주려는 의도를 알아차렸다. 수선이 안 되므로 비슷한 디자인의 새 바지로 교환해 주겠다는 제안이었던 것이다. 가져간 바지는 리턴으로 처리되고 영수증 말미에 '품질 약속 교환 (quality promise exchange)'이라고 쓰여 있다.

'품질에 대한 약속'이란 말이 감동이다. 상품에 대한 자부심과 책임감이 넘친다. 어차피 수선 팀이 있다면 단춧구멍을 내고 단추를 달아주는 것이 새 바지로 교환해 주는 것보다 훨씬 경제적이라는 내 생각을 관철하고 싶었지만, 새 바지를 준다는 데야 내가 양보할 수밖에 없다. 소비자가 만족하지 못할 때 무조건 새 상품으로 교환해 주는, 보다 큰 그림을 그리는 마케팅 기법이려니 생각하고 만다.

상황을 보고 있던 남편이 내가 직원과 대화할 때 남의 말은 안 듣고 자기 말만 하는 평소의 버릇이 그대로 보인다고 지적한다. 평소 나한테 가졌던 서운함과 불만을 토로하는 거다. 나도 경험상 말싸움이 될지도 모르겠기에 할 말은 많지만 입을 다물었다.

얼굴 표정만 봐도 기분을 알고 말이 별로 필요 없는 경지에 이르렀다고 생각하지만 30년 차 우리 부부의 대화법에 문제가 있는 것도 사실이다. 상대방의 말을 경청은커녕 영혼 없이 건성으로 들으며 자기 말만 화살처럼 쏘아댄다. 서로 말할 기회를 주지도 않고 자신

의 생각을 주지시키기 바쁘다. 어느 한 사람이 양보를 안 하면 대화
에서 논쟁, 싸움으로 발전하므로 싸우기 싫어 대화를 포기하기 일쑤
이다.

앞으로 30년을 상대방의 말에 귀 기울이고 서로의 입장을 배려하
며 진정한 대화를 나누며 살아가려면 어찌해야 할까. 새삼 새로운
대화법을 배우기라도 해야 하나. 30년 세월이 남기는 한 걸까.

(미주 중앙일보 〈이 아침에〉 2019. 12. 26)

나도 '주린이'가 됐다

　친정아버지가 30년 은행 생활을 접고 증권회사에서 10년 넘게 근무했지만, 나는 주식에 대해 무지했다. 아버지가 증권을 본격적으로 하신 건 증권사를 그만두고 개인회사로 옮기고부터다. 증권에 대한 믿음은 거의 맹목적으로 은퇴 후에도 경제신문을 몇 가지씩 챙겨보고 매일 아침 증권사의 객장으로 출근하다시피 하셨다. 디지털 세대가 아닌 노인으로서 최선을 다하신 거다. 오래전 퇴직금을 엄마와 한마디 상의도 없이 몽땅 주식에 투자했을 때 부모님은 크게 다투셨고 엄마는 증권투자를 도박으로 치부했다.

　은행원의 딸로 수십 년을 살아온 내게 유일한 재테크는 '저축'이었다. 얼마를 벌든지 일부를 떼어 적금을 들어 종잣돈을 마련하고 부동산에 투자한다는 생각이었다. 코로나 이후 돈이 풀려 주식투자가 유행처럼 번지고 주식으로 큰돈을 벌었다는 기사가 인터넷에 차고 넘쳤다. 은행 금리가 너무 낮으니 그냥 은행에 돈을 넣는 것은 바보가 하는 짓 같았다. 포모(FOMO, Fear of Missing Out, 나만 고립되거나 놓치는 것을 두려워하는 마음)도 작용했다. 기대수명이 늘면서 죽을 때까지 얼마나 많은 돈이 필요할까, 생각하면 머리가 복잡해지고 뾰족한 해결책도 없다.

후배가 '모더나' 주식에 몰빵해서 큰돈을 벌고 세금을 많이 냈다는 얘기를 들으니, 주식투자의 유혹을 뿌리치기 힘들었다. 우선 전화기로 증권계좌를 열었다. 수영할 줄도 모르면서 바닷속에 뛰어들 수는 없으니 아쉬운 대로 유튜브, 트위터, 블로그 등 다양한 SNS를 통해 주식 공부를 시작했다. 처음에는 어렵고 이해가 안 됐다. 몇 가지 영상을 집중해서 보고 나서야 조금 감이 잡혔다. 아침잠이 많은 나도 주식시장이 열리는 새벽 6시 30분이 되면 눈이 번쩍 떠졌다. 노안이 시작된 침침한 시력으로 명멸하는 주가를 살펴본다. 생활에서 자주 접하는 구글, 페이스북, 애플, 마이크로소프트, 테슬라, 아마존 주식을 조금씩 샀다. 나도 '주린이(주식+어린이, 초보 주식투자자)'가 된 것이다.

Beginner's luck(초심자에게 따른다는 재수)이었을까. 처음에는 은행 이자보다 조금만 더 수익이 나도 좋겠다고 생각했지만, 장이 좋아서인지 며칠 만에 은행이자 몇 배의 수익이 났다. 어쩌다 우연히 장이 좋았을 뿐인데 그것을 실력으로 착각했다. '워런 버핏이 별건가, 내가 바로 투자의 귀재였나' 하며 남편에게도 주식으로 대박 나서 곧 은퇴하자고 큰소리를 쳤다.

세상이 나한테 너무 우호적이라 생각했는데, 행운은 딱 거기까지

였다. 초록색으로 나를 들뜨게 하던 주가는 곤두박질쳤다. 은행도 보장해 주는 원금이 증발하기 시작하니 겁이 났다. 물타기를 해서 평단가를 낮춰야 하나, 손해를 보고라도 팔아야 하나, 조정이 끝나면 오를까, 하루에도 열 번 넘게 주식 창을 들여다보고, 주식 공부하며 보낸 시간과 노력을 생각하면 무슨 허튼짓을 한 것인지 허탈했다.

지루한 조정이 끝나고 주가는 다시 올랐으나 빨리 돈을 벌고 싶다는 조급함에 인터넷에 떠도는 근거 없는 정보에 혹해서 투자한 몇몇 스팩주로 큰 손해를 보았다. 팔기 전까지 손해는 아니라지만 속이 쓰리다.

결과적으로 주식을 시작하고 단조롭던 생활에 활기가 생기고 부부간에 대화도 많아졌다. 내가 몸담고 살아가는 사회에 대해 더 많은 공부를 하게 되니 젊어지는 기분이 든다. 100%는 없겠지만 안전한 회사에 투자하고 인내로 기다리면 결국 과실을 따 먹을 날이 오겠지. 이제 남은 일은 안전하며 수익을 줄 수 있는 회사를 찾는 제일 어려운 일만 남았다.

(미주 중앙일보 〈이 아침에〉 2021. 6. 30)

사표 쓴 딸

11월 말까지 회사에 다니기로 하고 사표를 냈다는 딸의 전화를 받았다. 어디로 옮기냐고 물으니 아직 모른단다. 갈 곳을 정하지도 않고 불쑥 사표부터 던지다니, 이해하기 어렵다. 어차피 12월 15일 부터 사무실 문을 닫으니 2주만 더 버티면 12월 한 달 월급은 받을 텐데. 저축은 좀 있나, 뉴욕의 비싼 아파트 렌트비를 어찌 감당하려고? 회사의 방향이 자기가 원하는 것과 달라졌고 요즘은 프로젝트가 없어서 경력에 도움이 안 된다는 딸의 설명이다.

옮길 작정을 했는데 이력서를 내고 인터뷰를 다니려니 사무실 사람들 눈치가 보여 불편하단다. 연말인데 사람을 뽑기나 하려나? 빠듯한 이민 생활로 부모는 내핍생활을 해도 아이들은 돈 때문에 주눅 들지 않게 하려고 애를 썼는데 '돈 귀한 줄 모르고 세상 물정 어두운 아이로 키웠나?' 하는 자책도 들었다. 2년 전 시니어 디자이너가 되었다기에 전공 살려 제 앞가림은 하는구나, 안심했건만 자식은 항상 애물단지다.

　매번 옮길 곳을 먼저 정한 후 사표를 냈는데, 어쩐 일일까. 부모에게 말 못 할 사정이 생긴 걸까, 걱정이 앞섰다. 이유를 캐묻고 앞으로 어떡할 건지 채근하니 조개처럼 입을 다물어버린다. 공감과 위로 대신 다그치는 말투가 나왔다. 마음이 통하지 않는 사람에게 듣는 충고와 조언은 비난으로 받아들인다는데, 경솔했다. '품 안의 자식'이라고 스무 살이 넘은 자식의 결정과 선택에는 부모로서 참견할 여지가 없다. 그저 자식의 결정이나 선택이 빗나가지 않기만 바랄 뿐이다.

　이민 1세의 부모는 세상의 다른 부모들이 겪는 세대 차 외에도 문화적 차이로 아이와 갈등을 겪는다. 늦은 나이에 이민 왔기에 본인이 자리 잡기 힘든 대신 아이의 성공에서 대리만족을 찾는 경향이 있고, 나도 예외는 아니다. 내가 그리는 로드맵에서 아이가 벗어나면 불안하다. 어떤 인생도 항상 청명할 수는 없고 때때로 비바람과 천둥이 친다는 것을 알지만 자식에게는 기적처럼 꽃길만 갈 것을 강요하고 기대한다.

　졸업하고 6년 동안 한 번도 안 쉬고 일을 했으니 지쳤겠구나. 그런 결정을 한 나름의 절박한 이유가 있었겠지. 세상에서 받은 상처와 고단함을 모두 털어버리렴. 지치고 허기진 마음을 위로받고 홀가분한 마음으로 새 출발하기를 바란다. 아이의 결정을 존중한다는 응원과 위로가 필요한 때이다.

　내일이면 딸이 집에 온다. 온 가족이 모이는 연말이면 가족들에게 최상의 모습을 보여줘야 한다는 부담감이 가중되는데 실직한 딸 본인의 스트레스는 더 크겠지. 방전된 배터리를 충전시키는 곳이 '집'이지만 스트레스를 더 갖고 가는 장소도 될 수 있으니 온 식구가 말조심, 행동 조심을 해야 한다.

"그동안 회사 다니느라 하고 싶었지만 미뤄둔 일을 하는 재충전의 시간을 가지렴. 늦어도 괜찮아. 돌아가면 어때. 충분한 휴식에서 얻은 에너지로 산뜻하게 새 출발 해라."라는 말을 해줘야겠다.

딸의 실직으로 심란한 중에도 올겨울에는 아이가 1월 초까지 집에 머문다니 평소보다 오랜 시간을 함께 보낼 수 있으니 기쁘다. 아이들 때문에 롤러코스터 타는 심정이 되는 것은 모든 부모의 숙명이다.

(미주중앙일보 〈이 아침에〉 2018. 12. 28)

남편의 휴가

온 가족이 함께 여행한 것이 얼마 만인가. 'Cirque de solei'의 'O쇼'가 볼 만하다기에 미술 전공을 하는 딸에게 도움이 되겠다 싶어 라스베이거스에 다녀온 것이 마지막이었다. 공지영 책에서 "오늘 행복하지 않으면 영영 행복은 없어" 구절을 읽는 순간 시카고 여행을 결정했다.

2년 전, 딸을 로드아일랜드의 대학교 기숙사에 데려다줄 때 중간 기착지가 시카고였는데 모던한 공항이 인상적이었다. 마침 방학을 맞아 집에 다니러 오는 딸과 중간에서 만나기로 하였다. 12학년 되는 아들애가 관심 있어 하는 대학도 둘러보고 미국 3대 미술관의 하나인 시카고 미술관도 본다는 교육적 의의를 찾을 수 있었다.

토요일 새벽 LA를 떠나 월요일 밤에 돌아오는 숨찬 여정이었다. 가게를 토요일 하루만 비우고 일요일과 연휴인 메모리얼 데이를 이용하였다. 장님 코끼리 만지기식이었지만 한마디로 '좋았다.'

시내의 원하는 위치의 호텔은 하룻밤에 300달러도 넘어서 큰 침대 두 개 있는 방 하나만 빌렸다. 오랜만에 아이들과 살 부딪치는 기분도 나쁘지 않았다. 렌터카 안 하고도 어디든 걸어갈 수 있어서 좋았고 방에서 보이는 도시 야경도 훌륭했다.

바다같이 드넓은 미시간 호수에서 출발하는 배를 타고 건물들을 둘러보는 투어로 시카고의 첫날을 시작하였다. 1871년 대화재의 폐허 위에 새로 건설된 도시는 건축 박물관이란 말이 무색하지 않게 독특한 고층 건물들이 만드는 스카이라인이 아름답다. 'Windy city'라는 이름에 걸맞은 강한 바람에 머리는 산발이 되었지만, 요트가 그림처럼 떠 있는 호수와 아름다운 빌딩 숲 사이로 난 길에서 여유롭게 산책을 즐기는 사람들을 보며 이 도시의 자유와 생동감을 느낄 수 있었다.

둘째 날은 오바마 부부가 첫 데이트를 했다는 시카고 미술관이다. 미술관을 향하여 미시간 애비뉴를 걷기 시작했다. 인도와 차도 사이엔 튤립 꽃밭이 있고 곳곳엔 분수와 조각품들이 있어 지루한 줄 몰랐다. 가로수들은 시카고의 유명 건축물 모양으로 전지가 돼 있어서 보기 좋았다.

간식거리만 챙겨온 나와는 달리 남편은 시카고에 관한 공부를 해왔나 보다. Edward Hopper의 'Nighthawks'이라는 그림 속 식당 안에서의 네 사람 시선이 마주치지 않게 표현한 것이 고독한 현대인을 상징한다고 설명한다. 하나라도 더 보여주려 애쓰는 남편과 아빠의 장황한 설명에 지루함을 참지 못하는 아이들에게서 고독한 현대인이 남의 얘기가 아니구나 싶었다.

미시간 호수에 연결된 강이 도심을 흐른다. 강에 유유히 떠다니는 배들을 구경하며 길모퉁이 카페에서 점심을 먹었다. 행복이 거창한 데 있지 않음을 깨닫는 순간이다. 몇 달 만에 보는 훌쩍 큰딸과 대학입시 준비한다고 방에만 있어 얼굴 구경도 힘들던 아들, 몇 시간씩 같이 일해도 무덤덤하게 지내던 남편, 낯선 도시에서 이렇게 마주 앉고 보니 새삼스레 가족의 소중함을 느낀다.

미술관에서 에너지를 너무 소모했는지 피곤하여 빨간색 2층 투어 버스를 탔다. "진작 탔을 걸 괜히 걷느라 힘 뺐네." 할 정도로 편리했다. 중요한 지점을 돌며 자세히 설명해 주는데 손님은 원하는 어디서든 '내렸다 탔다'를 반복할 수 있다. 나의 알량한 영어 실력 탓에 설명을 다 못 알아들어서 아쉬웠다. 지금 유일하게 기억나는 것은 유명한 Wrigley Gum 건물을 가리키며 원래는 비누 판매 회사였는데 사은품으로 껌을 주기 시작한 것이 세계적인 껌 회사로 거듭나게 되었다는 설명 정도이다. 나는 언제나 핵심보다는 중요치 않은 주변 이야기만 기억하는 것이 신기하다.

밀레니엄 파크에서 강낭콩 모양의 조형물과 LED 전광판의 분수를 감상 후 존 행콕 빌딩으로 갔다. 1층 레스토랑에서 저녁을 먹고 96층 라운지로 올라갔다. 남편이 알아 온 정보는 '돈 들여서 전망대 갈 필요 없고 라운지의 전망도 훌륭하다.'였는데 진짜 그랬다. 전망대 요금을 아꼈기에 가격 상관없이 칵테일과 디저트를 호기롭게 시켰다. 여자 화장실의 전망은 더욱 환상이라 남편과 아들에게도 화장실 다녀오라 권했으나 남자 화장실은 벽밖에 없다고 한다. 운 좋게 창가 자리를 차지할 수 있어서 금상첨화였다. 유리창 밖에서 거미 한 마리를 보았는데 어떻게 그 높은 곳까지 올라왔는지, 거미줄에 먹이가 될 곤충이 걸려는 드는지 궁금했다.

마지막 날이다. 아침 일찍 로비에 짐을 맡기고 시카고 대학으로 갔다. 오늘따라 일기예보가 정확하여 보슬비로 내리기 시작한 것이 천둥 · 번개가 치며 장대비로 변하였다. 차에서 내리는데 빗줄기가 더욱 세져서 대학 병원으로 뛰어 들어갔다. 우산이라도 사려고 직원에게 물으니 병원 아이디로 일반인 출입 금지 지역을 통과해 지름길로 안내한다. 점심을 사가는 길이었나 본데 음식이 다 식었을 것 같아 미안했다. 비에 젖은 캠퍼스, 더욱 짙어진 녹음을 배경으로 고색창연한 건물들이 아름다웠다. 하지만 식은 점심을 먹으면서까지 관광객에게 친절을 베푼 시카고 시민의 마음씨는 더욱 아름답다.

궂은 날씨 탓에 시내에 일찍 돌아와 한참 동안 천천히 밥을 먹고 그동안 대화 부족이던 우리 가족은 오랜만에 긴 대화를 나누었다. 사춘기 이후 서로 데면데면하여 소 닭 보듯 하던 남매도 낄낄댄다.

남편은 짧은 시카고 여행에 흡족했는지 이제부터 가족여행을 자주 가야겠다며 달력을 훑어본다. "다음 연휴가 9월 노동절인데 어디 가야지?" 한다. 그런데 비행기에 타자마자 눈을 감더니 어느새 코까지 곤다. 고단한 가장의 2박 3일 휴가가 끝나가고 있다.

(2010)

4

＊ 오늘도 꿈꾸고 도전한다

정직한 손

매출이 줄어 종업원 없이 손님을 직접 대하니 현금과 신용카드를 자주 만지게 된다. 코로나19가 겁나서 장갑을 끼면 땀이 금방 차니 벗어버린다. 어쩔 수 없이 알코올이 포함된 손 소독제를 쓰거나 비누로 씻어야 한다. 건조하고 거칠어진 손에 핸드크림을 바르지만 그때뿐이다.

언젠가 친정엄마가 우리 자매에게 당신의 반지를 끼워보라 하셨다. 자신의 손은 마디가 굵어 반지를 껴도 밀다면서 "너희들 손은 곱구나." 하던 생각이 난다. 가족들 뒷바라지에 물 마를 날 없던 엄마의 손은 마른 장작처럼 거칠고 메말랐다.

엄마와 연결된 추억은 항상 뭉클하다. 이제 내가 그때 엄마의 나이가 되어 손에 어떤 반지를 껴도 예쁘지 않다.

중학교 때 미술 선생님 칭찬에 고무되어 예고 과장이 운영하는 홍은동 소재의 화실에 다닌 적이 있다. 여의도 집에서 버스를 두 번씩 갈아타는 왕복 2시간 거리여서 레슨을 마치고 밤늦게 집에 돌아오면 초주검이 되었다. 귀신같은 그림 솜씨의 예원중학교 출신들에게 주눅 들고 학교 성적도 곤두박질치니 1년 남짓 버티다 포기했다. 그래도 미술에 대한 미련은 남아 딸이 그림에 소질을 보이자 반가웠다. LA에서 두 번 비행기를 타야 하는 로드아일랜드의 미술학교에 가게 되었을 때 내 마음속 딸은 이미 유명 화가였다.

작년 여름 한국을 방문해서 화가 친구 J의 작업실에 구경 갔다. '친구 찬스'로 화랑 가격보다 훨씬 저렴하게 작품을 소장할 수 있다는 유혹을 뿌리치기 힘들었다. 다양한 아름다운 그림들을 보면서 무엇을 골라야 할지 망설이다가 문득 사다리를 보았다. 큰 작품을 할 때 사다리에 올라 장시간 작업한단다. 어깨가 아파 자주 지압을 받아야 한다는 그녀의 마디가 굵고 휘어진 손가락을 보았다. 화가는 창의성을 요구하는 정신노동자인 동시에 육체노동자란 걸 깨달았다. 관절이 뻣뻣해지고 통증이 심하다며 "직업병이야" 하고 웃는 그녀를 보고 정직한 노동에 희생한 아픈 손에 경의를 표했다. 세상에 공짜는 없는 법이다.

조수가 그린 그림에 간단한 덧칠과 사인만 해서 수백 배 수익을 올린 유명 가수 그림 대작 사건에 무죄가 확정된 기사를 읽었다. 법적인 문제는 모르겠으나 화가라면 예술에 대한 열정으로 창작의 고통과 기쁨의 시간을 보내며 작품을 하는 것이 일반적인 상식 아닌가. 낮은 중저음의 힘찬 그의 목소리를 좋아했기에 지나친 노욕으로 망신살 뻗친 그가 안타깝다. 더군다나 재능갈취 수준의 헐값에 그림을 그리게 하고 조수를 쓴 것도 미술계의 관행이라고 당당히 주장하는 뻔뻔함에 실망이 크다. 오늘도 초라한 뉴욕의 아파트에서 고군분투하는 딸과 화가 친구의 아픈 손이 겹쳐져 화가 난다.

'손을 게으르게 놀리는 자는 가난하게 되고, 손이 부지런한 자는 부하게 되느니라.'라는 단순한 진리의 성경 말씀을 되새겨보는 아침이다. 정직한 노동으로 마디가 굵어진 손, 사랑하는 사람들을 위해 음식 하느라 양념 냄새에 찌든 손은 부끄럽지 않고 경건하다. 거칠고 메마른 손을 다정히 잡을 수 없는 이상한 언택트의 시대를 어찌할꼬.

코로나야, 이제 좀 지친다. 그만 물러가 주렴.

(미주 중앙일보 〈이 아침에〉 2020. 9. 15)

은퇴를 생각할 나이

"엄마가 심심하다며 또 미국을 다녀와야겠다고 하셔. 심지어 뉴욕이랑 볼티모어 비행기 표만 끊어주면 혼자서 손녀들을 만나고 LA 언니 집으로 가겠다고. 엄마 연세에 비행기 자주 타는 것도 나쁘니 조금이라도 더 붙들고 있어 볼게." 서울 여동생이 카톡을 보냈다. 올해 87세인 엄마는 치매 아버지를 돌보면서 2년여를 집에 갇혀 지냈다. 아버지가 돌아가시고 그간의 감옥살이를 보상받기라도 하듯 8개월 동안 미국에 두 차례 오셨다. 한번은 나의 이사를 도우러 LA에, 또 한번은 연구원으로 볼티모어에 살게 된 딸의 정착을 돕기 위해 오는 여동생을 따라 워싱턴DC에 오셨다.

연로한 엄마와 언제 또 장거리 여행을 하겠나 싶어 나도 합류했다. 뉴욕 사는 내 딸도 휴가를 얻으니 엄마와 우리 자매, 딸 3대의 여행이 되었다. 볼티모어, 워싱턴DC, 필라델피아, 뉴욕을 방문했다. "나는 차에서 기다릴 테니 너희들끼리 보고 와라. 오래 못 걸어." 엄마는 항상 건강하고 안 늙을 줄 알았는데, 내 착각이었다.

바쁜 이민 생활을 꾸리느라 변변한 여가 활동이나 제대로 된 장거리 여행은 생략하고 살았다. 남편은 이민 가장의 책임감으로 자기는 〈걸어서 세계 속으로〉 〈세계 테마기행〉 등의 여행 관련 영상을 보는 걸로 충분하다며 아이들과 나만 외국 여행을 가게 했다. 이제 이민 생활도 안정되어 가족여행을 하고 싶지만, 성인이 된 아이들은 부모와의 여행은 원하지 않는다. 인생은 이렇듯 엇박자다.

코로나로 가게의 몇몇 손님이 사망하고 친정아버지를 포함 가까운 집안 어른 몇 분이 근래 돌아가셨다. 인생 한 번 즐겨보지도 못하고 세월 다 가는 건 아닌가, 겁이 덜컥 났다. '다리 떨리기 전, 가슴 떨릴 때 여행을 떠나라'라는 여행사 광고문구가 가슴에 와닿는다.

갱년기를 맞아 말이 많아지는 남편과 가능한 말을 안 섞으려 하지만 여행 계획을 짤 때는 소풍 전날 어린애들처럼 의기투합하니 우습다. 은퇴하고 부부만 홀가분하게 세계 방방곡곡을 여행하자며 유튜브와 블로그를 찾아본다. 여러 나라를 짧고 분주하게 관광하기보다는 한 곳에 한 달간 머물면서 현지인처럼 살아보는 꿈도 꾼다.

가게를 닫는 일요일이면 은퇴를 미리 연습하는 기분으로 산으로 들로 나갈 계획을 짠다. '오늘은 문화지수를 높여 볼까' 하며 게티 센터를 찾았다. 다양한 미술 작품 외에도 탁 트인 전망과 아름다운 정원은 하루 나들이 코스로 부족함이 없다. 코로나로 예약된 손님만 받아 붐비지 않는 미술관에서 작품들을 찬찬히 살펴보았다. 싱그러운 나무 그늘 밑에 자리한 가든 카페에서 샌드위치를 곁들여 커피를 마시니 누구도 부럽지 않은 순간이다.

정원을 산책하다가 도슨트의 설명을 듣는 한 무리의 사람들과 마주쳤다. 소그룹이라 옆에 가서 설명을 들었다. 마침 도슨트가 한국 분이라 반가웠다. 아는 만큼 보인다는 말을 증명하듯 그녀의 설명을 들으니, 게티에 여러 번 왔지만, 건물과 정원이 새롭다. 투어가 끝나고 잠시 얘기를 나누었다. 20여 년을 중학교에서 수학을 가르쳤고 게티에서 도슨트로 일한 지 30년이 됐다 한다. 인생 2모작을 멋지게 사는 '지혜롭게 나이 드는 여성' '닮고 싶은 여성'이다.

내가 속한 사회를 더 나은 곳으로 만들기 위해 흥미 있는 분야를 공부해 뜻깊은 봉사활동을 하는 분을 만나니, 은퇴해서 여행 다닐 생각만 했던 내가 부끄럽다. 내가 흥미 있는 분야는 무엇인가, 내가 할 수 있는 봉사활동은 무엇이 있을까. 새로운 숙제가 생겼다.

(미주 중앙일보 〈이 아침에〉 2022. 5. 11)

이제 너무 늦었다

-친구 H를 추억하며

"숙희야, 안 좋은 소식인데, H가 오늘 저세상으로 갔대. 밴드엔 게시 안 했어. 아프다 가는 친구 뒷담화하게 만들기 싫어서. 내일 나랑 민, 유, 영 이렇게 네 사람만 조문 가려고, 안 좋은 소식 전해서 미안."

갑자기 받은 메시지에 가슴이 먹먹하다. 작년에 한국을 방문했을 때, H의 연락처를 알게 되었으나 정신분열증을 오래 앓고 있다는 소식에 주저하다가 기회를 놓치고 말았다. 미국에 온 후 그녀와 전화 통화를 하고 다음번 한국방문 때 꼭 만나자고 했는데, 그것이 마지막이 될 줄은 몰랐다.

내 초등학교 시절을 회상할 때 H를 빼놓을 수는 없다. 3학년 때 세검정의 상명여대 부속국민학교로 전학을 갔다. 어려선 똘똘하다 는 소리도 종종 듣던 터라 학교가 바뀌어도 크게 당황할 일은 없었지만, 체육 시간에 하는 수영은 골칫거리였다. 다른 아이들은 자유형으로 20m는 기본이고 몇몇은 배영, 개구리헤엄 등을 자유자재로 하는데 나는 물에 뜨지도 못하니 자존심이 상했다. 물놀이라고는 여름철 우이동계곡이나 강릉 바닷가에 몇 번 가 본 것이 전부인 나는, 물이 가슴팍까지 오는 정식 수영장은 처음이었다. 가만히 서 있어도 출렁거리는 물이 코로 입으로 들어갈 것만 같고 소독약 냄새도 어지러웠다.

그때 나를 도와준 친구가 H였다. 우선 물에 뜨는 것부터 익혀야 한다며 '새우 등 뜨기'를 가르쳐주었다. "두 손을 깍지 끼고, 두 무릎을 점프해서 깍지 낀 손 사이에 넣어. 얼굴은 최대한 무릎에 붙이고 등을 새우처럼 둥글게 만들면 몸이 물에 떠져. 자, 해봐. 그렇게 몸이 떠지면 손의 깍지를 풀고, 다리를 쭉 펴. 발장구를 치면 앞으로 갈 수 있어."

그녀는 노련한 교관처럼 설명하고 자기 몸으로 시범을 보여주며 몇 번이고 될 때까지 연습시켜 주었다. 친구가 아니라 언니 같았다. 일요일마다 더 연습하자며 평창동 그녀의 집 근처 북악스카이웨이 수영장으로 오라고 했다. 수영장에서 핫도그랑 가락국수를 사 먹으며, 드디어 당시 내 목표인 '숨 쉬고 20m 자유형'을 하게 되었다. 모두가 H 덕분이었다.

그애를 처음 보았을 때 숱 많은 곱슬머리를 양 갈래로 땋아 내리고 내 뒷자리에 조용히 앉아 있었다. 두껍게 쌍꺼풀진 큰 눈은 금방 눈물이 그렁그렁 고일 듯했다. 항상 공이 많이 들어간 호사스러운 도시락 반찬을 싸 와서 나는 점심시간을 은근히 기다렸다. 어여쁜 디즈니 공주 그림이 있는 교과서만큼 큰 필통 안에는 만화가 그려진 질 좋은 일본 연필들이 가득했다. 황홀한 지우개 냄새는 아무리 맡아도 지루하지 않았다. 그애는 글씨도 궁체로 잘 썼다. 나도 그애의 필체를 따라 했지만, 역부족이라 질 나쁜 국산 '건설 연필' 탓을 한 기억이 난다.

하교 후 자기 집에 가자고 하여 따라갔다. 난생처음 보는 이층침대가 있었는데, 하나는 잠자는 데 쓰고 다른 하나엔 온갖 종류의 귀여운 봉제 인형들을 모아두었다. 침대 커버와 커튼을 같은 천으로 화사하게 꾸민 것이 공주방 같았다. 숙제를 마치고 당시 우리 집에는 없었던 연필 깎는 기계로 연필을 모두 깎은 후 가지런히 필통을 정리하는 것도 나의 은밀한 기쁨이었다.

여배우 최은희를 닮아 고운 그녀의 엄마는 비빔국수를 비벼주실 때도 계란 흰자와 노른자를 따로 지단으로 부쳐 곱게 모양을 내고, 작은 식빵 사이에 새우 다진 것을 넣고 튀긴 고소한 맛이 일품인 요리도 해주셨다. 그 요리의 이름이 멘보샤인 것을 결혼 후 중국요리 교실에서 알았다. 정성으로 딸을 키우는 것이 느껴져 부럽기도 하고 나중에 내 딸에게 저렇게 해주어야지 생각한 기억이 난다. 크리스마스면 반짝이는 트리에 앙증맞은 초콜릿 장식품이 달렸는데, 내 몫 말고도 동생 주라며 두 개를 더 챙겨주는 속 깊은 아이였다. 붓글씨, 그림, 글씨 등 손으로 하는 것에는 남다른 재주가 있었으며, 독서량도 많아 또래 친구들에 비해 조숙하여 사춘기를 빨리 겪는 듯했다. 중학교로 진학하며 내가 여의도로 이사를 해서 그애와의 추억은 끝났다.

H야, 어려서부터 뛰어난 너에게 기대도 많으셨겠지. K대학 의대에 합격해서 다니다가 의대가 적성에 안 맞아서 너의 아버지가 유학한 독일에 갔다는 소식을 들었어. 독일에서 혼자 지내며 힘들어서 병을 얻었다는 얘기도 어머님께 들었어. 무엇이 그토록 너를 힘들고 아프게 했을까. 주위의 과도한 기대가 부담되었니? 친구로서 아무런 도움이 못 되어 미안하고 슬프구나. 조용히 장례를 치르고 싶다고 친구들 조문도 거절하셨다니, 너를 먼저 보내는 부모님 가슴 아픈 심정이 오죽하셨을까. 너와의 추억들이 하나하나 생생히 기억나는데, 살아있으면 언젠가는 다시 만날 수 있으리라 생각했는데, 이젠 너무 늦었구나. 꿈속에서라도 만나고 싶어, 아픔 없는 곳에서 이제는 행복하렴.

라이샤가 있는 풍경

Buzz Pet Store를 운영하며 10년 넘게 이웃해 있던 베티가 떠난 지 벌써 8개월이다. 그녀는 개 훈련 학교와 애견 미용센터를 같이 운영해서 가게가 꽤 분주했으나 대형 매장의 높은 임대료 감당을 힘들어했다. 이혼한 아들이 사춘기 딸을 데리고 집으로 들어와 함께 살기에 돈 들어갈 곳이 많다고 했다. 예순을 훌쩍 넘긴 나이지만 은퇴할 엄두를 못 내고 임대료가 싼 곳으로 이사를 갔다. 펫 스토어의 손님들이 개의 그루밍을 맡기고 기다리는 동안 우리 가게에 들러 미용 재료며, 가발 등을 사며 매상을 올려주곤 했는데, 이제 더는 기대할 수 없게 되었다.

리스 배너가 크게 붙어있으나 불경기 탓에 별로 눈길을 끌지는 못한다. 갈매기 몇 마리가 바닥에 떨어진 프렌치프라이를 쪼아 먹으며 끼룩대는 텅 빈 주차장을 보면 씁쓸하다. 큰 매장을 두세 개의 가게로 분할 해서 리스를 놓지 않는 유대인 건물주가 야속하다. 온라인 쇼핑에 밀린 소매업소의 부진이 어제오늘의 일만은 아니나 바로 옆 매장이 텅 빈 요즘은 불경기가 더욱 피부에 와 닿는다. 가발을 직접 써보고 스타일을 확인하는 손님들이 아직은 있어서 가게를 꾸려가지만, 낮은 가격과 쉬운 환불을 앞세우는 온라인업체의 맹공에 얼마나 더 버틸 수 있을까. 빈 매장에 관심을 갖는 사람들이 가물에 콩 나듯 방문하여 이웃 가게 업주인 나에게 묻곤 한다. 같은 쇼핑센터에 있는 대형 슈퍼마켓 덕분에 트래픽이 많고 주차장이 넓은 것을 강조하며 입점을 권하지만 만 달러가 훨씬 넘는 월세는 확실히 걸림돌이다.

비어있는 펫 스토어 앞에 노숙자 여인 하나가 나타났다. 홈리스 쉘터가 답답해서 도망쳐 나왔을까, 아니면 개인적 이유로 갑자기 노숙자가 되었을까. LA 다운타운에서 짐이 가득 찬 쇼핑카트 옆의 홈리스를 수차례 본 적은 있으나 LA 다운타운 남쪽으로 30분가량 떨어진 이 동네에서 직접, 가까이 보기는 처음이다.

깊게 쌍꺼풀진 눈에 도톰한 입술이 육감적이다. 흑인 아프로 머리를 하고 이어폰으로 음악을 듣는다. 우리 가게에 매일 쇼핑을 오기에 그녀를 자세히 보았다. 빨래하는 대신 새 티셔츠를 사서 계속 갈아입는다. 그녀의 큰 덩치에 어림도 없는 작은 사이즈를 고집하여 젖가슴만 간신히 가리고 배는 고스란히 드러나 출렁거리니 민망하기 짝이 없다. 몸을 못 씻어서 향수와 바디 스프레이를 사서 뿌린다. 귀걸이, 팔찌 등의 액세서리와 립글로스, 아이섀도 등 화장품을 산다. 매상을 올려주니 나로선 반가웠다. 처음엔 동네에 나쁜 인상을 준다고 불평하며 경찰을 부르고 건물 관리회사에 전화를 거는 사람도 있었는데 요즘은 햄버거와 소다 등 먹을 것을 사다 주는 사람이 많다. 지갑 속에 구걸한 것이 분명한 꼬깃꼬깃 구겨진 지폐가 가득하다. 충치와 비만에 치명적일 소다를 마시며 내가 선물로 준 미용 잡지를 누워서 본다. 한뎃잠이 석 달이나 지속되니 아무리 기후 좋은 캘리포니아라지만 밤에 콘크리트 바닥이 얼마나 차가울까. 담요라도 하나 갖다줘야겠다.

그녀의 이름은 '라이샤(Laisha)'이다. 그녀는 자기 이름의 뜻이 '물질의 풍요'를 뜻하는 'Prosperous'라고 가르쳐 준다. 아이러니하다. 사정을 물어 의논 상대가 돼주고 싶은 마음이 생기다가, 귀찮은 일에 휘말리기 싫은 이기심이 앞선다. 그녀가 퇴근하는 나를 보곤 미소 지으며 손을 흔든다. 어느새 고양이 밥을 사 왔는지 길냥이에게 밥을 먹이고 있다. 소외된 자들의 소통인가. 그런데 그 광경이 한없이 평화롭고 여유 있어 보인다. 걱정 없어 보이는 그녀가 한편으론 부럽기도 하다. 한 귀퉁이가 떨어진 리스 배너가 바람에 펄럭이는 것을 보니 한숨이 나온다. 나도 희미하게 웃으며 그녀에게 손을 흔들어 주었다.

레몬 디톡스

친정엄마가 한국서 나의 결혼사진을 들고 오셨다. 20여 년 전 것인데도 배경을 뿌옇게 처리해서인지 인물이 뽀샤시 돋보인다. 시아버지를 닮아 머리가 꽤 벗어진 남편과 중년 이후 몸이 불어 두루뭉술해진 나를 사진 속 인물과 연결하기 힘든지 집을 방문하는 사람마다 한마디씩 꼭 한다. "왜 이리 망가졌어?" "예뻤네, 살 좀 빼." "탤런트 배종옥 닮았었네." "남자 집사님 하이모 하나 해드려."

이민 1세로 생활 기반 잡느라 바삐 살다 보니 외모를 가꿀 정신적 여유가 없었다면 미국 온 지 14년이나 지난 지금 핑계밖에 안 되리라. 선천적으로 움직이기 싫어하고 맛있는 음식을 유난히 밝히는 나의 탓이다. 이제는 외모보다 건강상의 이유로 체중을 줄여야 함을 익히 아는 바이나 실천은 어렵다. 스트레스받으면 식사를 못 하는 사람도 있다는데 나는 만사 제쳐놓고 우선 밥부터 먹으니 평생 살이 빠져본 적 없는 것도 무리는 아니다. 밥을 굶어본 기억을 가까스로 더듬어 보니, 중 고등학교 때 체력 검사를 앞두고 한두 끼가 고작이고 밥 한 끼 먹으면 다시 도로 아미타불이 되곤 했다.

정기검진에서 당뇨 위험군이니 체중을 10파운드 줄이라는 의사의 권고를 들었다. 일주일에 두 번씩 나가는 라인댄스와 주말을 이용한 가끔의 산행은 식욕만 좋아질 뿐, 체중감량의 효과는 하나도 없었다. 특단의 조치가 필요하기에 인터넷을 뒤져보다가 '레몬 디톡스'를 발견하였다. '마스터 클린즈'라고도 불리는 레몬 디톡스 요법은 짧게는 3일부터, 1~2주 동안 식사를 전혀 하지 않고 레몬 물에 메이플 시럽, 카이엔 페퍼를 타서 수시로 마시는 것이다. 앤젤리나 졸리와 데미 무어 등 할리우드 스타들이 했다고 유명세를 치렀으며 체중감량 효과 외에도 몸속 노폐물과 독소를 빼주어 만성피로를 없애 준다고 되어있다. 일부러 주위 사람들에게 소문을 내서 슬그머니 그만두는 일이 없게끔 하였다.

어지럽거나 속이 쓰려서 일상생활에 지장을 주면 어쩌나 한 것은 기우에 불과했다. 오히려 머리가 맑아지며 몸도 가벼워짐을 느꼈다. 삼일짜리 단기 코스에는 가끔 도전해야지 하고 마음먹게 되었다. 무엇보다 밥심으로 살았던 내가 밥을 여러 끼 굶었다는 것에 스스로 대견하고 턱선이 갸름해졌다는 격려도 들으니 기뻤다.

100m 달리기하듯 숨 가쁘게 집안 살림과 가게 일을 하며 나 자신을 돌아볼 여유 없이 지내왔다. 디톡스로 빼내야 할 노폐물이 어찌 몸에만 있으랴 싶다. 마음속에 앙금같이 가라앉아 있을 시기와 질투, 아집, 분노를 디톡스로 없애 버리고 대신 사랑과 너그러움으로

채우고 싶다.

새해에는 한국 나이로 50세가 된다. 어느새 살아온 날이 앞으로 살아갈 날보다 많게 되었다. 살아온 시기만큼 때 묻고 얼룩졌을 나를 이불 홑청 뜯어 빨아 풀을 먹이듯 새로운 나 자신으로 거듭나고 싶다. 건강한 몸에 건강한 마음이 깃든다는 평범한 말이 생각난다. 며칠간의 레몬 디톡스가 어느 정도 '새로운 나' 만들기에 일조했길 바란다.

내려갈 때 보았네
올라갈 때 못 본 그 꽃

짧은 시가 인생의 후반전은 새로운 내가 되어 더욱 열심히 살아보라는 희망을 준다.

어떻게 버텨야 하나

'딩동' 벨소리에 현관문을 여니 박스가 놓여있다. 6년 동안의 미국 생활을 마치고 귀국한 여동생이 인터넷으로 주문한 물건이다. 며칠 후 LA에 오시는 친정엄마 편에 받으려는 물건들이 벌써 여럿 도착했는데 또 주문했나 보다.

온라인 쇼핑을 즐기는 동생과 달리 나는 인터넷쇼핑을 거의 안한다. 신용카드 번호를 주는 것도 찜찜하지만 옷과 신발을 사진만 보고 산다는 것을 이해할 수 없다. 더군다나 이민 와서 소매업을 15년째 하는 나는 동료애 비슷한 것이 있어 인터넷쇼핑을 적으로 생각한다. 엊그제도 10년 넘게 가발 단골손님이 휴먼 헤어 가발 두 개를 온라인에서 겨우 60달러 주고 샀다며 자랑하는 것을 웃고 넘기는 척하느라 애를 먹었다.

아마존의 무차별적인 시장잠식은 나 같은 소형 소매상뿐만 아니라 토이저러스 같은 대기업도 무너뜨리고 있다. 반세기 넘게 세계 어린이들의 친구였던 대형 완구전문점도 변하는 디지털 환경에 적응하지 못하고 파산하니 씁쓸하다.

하루아침에 사라져 버린 동네 한국 빵집 때문에 적잖이 허전하다. 외식 후 디저트를 먹기에 좋았고 하이킹 갈 때는 향수를 자극하는 곰보빵이나 팥빵을 간식으로 사곤 했는데 아쉽다. 훤칠한 키에 시원한 이마의 잘생긴 주인장은 어디로 갔을까. 월세 내고 종업원 월급 주고 나면 정작 본인 몫은 못 챙기는 자영업자 입장이었겠지. 권리금 주고 산 가게를 팔지도 못하고 포기하며 나가기까지 속은 얼마나 탔을까. 한국에선 카페에서 공부하거나 음악, 영화 감상을 하는 손님들이 많아서 오랫동안 시간을 보내지 못하게 와이파이를 끊는 곳도 생겼다지만, 경쟁이 심한 이곳에선 그것도 불가능했겠지.

'하늘에는 조물주, 땅에는 건물주가 있다. 조물주 위에 건물주가 계시니…'라는 우스갯소리에 웃을 수가 없다. 맞닥뜨리는 현실이 서글픈 자영업자의 입장이기 때문이다. 작은아이가 학교를 졸업해서 자립하기까지 2년은 기다려야 하니 나도 울며 겨자 먹기로 임대료 인상에 동의할 수밖에 없었다. '내 인건비는 나오니까, 놀면 뭐하나' 하며 스스로를 위로한다.

가뜩이나 치열한 경쟁으로 힘겨운데 천정부지로 치솟는 임대료에 종업원 최저임금과 상해보험도 오르니 봉사활동도 아니고 사업을 접을 수밖에 없는 경우도 많다. 친구 부부는 십수 년간 한 장소에서 중국 식당을 운영했는데 건물주와 렌트 협상이 안 되어 가게를 포기했다. 1년 넘게 엘에이 인근 식당을 알아보다 애리조나 투산 근처 시골 마을의 미국 식당을 인수했다. 렌트비에 시달리지 않으려 건물을 포함한 비즈니스를 샀다, 일단 남편 혼자 가서 식당을 운영하고 친구는 2주에 한 번씩 반찬을 마련해서 장거리 운전을 하는 이산가족이 되었다.

무인 마트 아마존 고(Amazon Go)가 시험 운용을 끝내고 드디어 정식 운용을 시작했다는 소식이다. 스마트폰에 아마존 고의 앱을 설치한 고객이 집어 든 상품들을 가지고 나갈 때 정산이 이루어지는 방식이다. 아직은 주류, 담배 등 신분증 확인이 필요한 제품 때문에 직원들이 있으나 향후 아마존 고가 성공적으로 자리를 잡는다면 보다 완벽한 자동화가 이뤄져서 말 그대로 무인 슈퍼마켓이 될 것이다. 수많은 사람이 일자리를 잃고 인간과 기계와의 관계만 남게 될 것이다. 단순히 물건만 파는 매장은 더는 살아남기 어렵다.

스마트폰으로 하는 쇼핑이 훨씬 편한데 왜 가게를 가겠나. 매장에 일부러 오는 이유를 만들어야 하는데, 나도 몇 년을 더 버텨야 하는데 묘수가 없을까.

(미주 중앙일보 〈이 아침에〉 2018. 4. 3)

친정엄마와 지낸 열흘

친정엄마는 성격이 급하다. 어떤 생각이 들면 금세 행동에 옮기신다. "내일 가려는데, 뭐 필요한 거 있냐? 아침에 바쁠 테니 나올 거 없고 택시나 셔틀 타고 들어가마." 이렇듯 늘 도착 하루 전에 전화하고 당신 말만 하고는 끊는다.

이번 방문은 목욕탕 샌들 산 것을 우리 집에 빨리 갖다주어야 하기 때문이었다. 목욕탕 발깔개에 떨어진 물방울이 항상 덜 마른 상태로 있기 때문에 균이 생긴다고 텔레비전에서 보고는 우리 집 생각이 나셨다나. 미국은 다 좋은데 목욕탕 바닥에 하수도 구멍이 없는 것이 틀렸다며 수리할 수 없냐고 또 물으셨다. 발깔개를 당장 치우고 샌들을 놓으라고 여러 켤레 사 오셨다. 나는 버릇이 안 되어 화장실 갔다가 샌들을 신고 그냥 나와 집안에서 돌아다니니 발도 안 시리고 좋았다. 그대로 지내다 잠자러 가니 며칠 후 우리 침대 밑에 목욕탕 샌들이 다 와있게 되어 엄마의 잔소리를 들었다.

남편이 공항에 나가고 나는 부엌이라도 정리할 요량으로 집에 남았다. 예상보다 빨리 도착하셨는데 들어서면서부터 "이사 갈 집처럼 이게 뭐냐?"라고 하셨다. 그냥 놔두었으면 평균이라도 됐을 걸 냉장고 정리한답시고 부엌을 한바탕 뒤집어 놓은 탓이었다.

빈손으로 오시라고 누누이 말씀드려도 항상 바리바리 싸 오셨다. 이번엔 각종 멸치, 북어 찢은 것, 고춧가루, 깨소금, '식혜 만들기' 다섯 박스, 은행에서 얻은 빨간색 머그잔과 꽃무늬 쟁반 세트, 아버지가 증권회사에서 상으로 받았다는 디지털카메라가 나왔다.

내 선물로는 면세점에서 샀다는 얼굴 크림이 추가되었는데 사연이 있었다. 눈치 없는 교회의 새 신자가 엄마더러 "권사님, 참 곱게 나이 드셨네요. 여든은 되셨지요?"라면서 실제의 나이보다 다섯 살이나 더 얘기한 것이다. 젊어서 아낀다고 화장품까지 아꼈더니 쭈그렁 할머니가 되었다며 젊어서부터 피부를 잘 관리해야 한다며 제일 비싼 거로 사 왔다고 강조했다. 아침저녁으로 바르면 하루 종일 피부가 촉촉하고 주름 개선 효과도 있다고 화장품 세일즈맨같이 설명하셨다.

초등학교 2학년 때, 은행 다니시던 아버지가 큰아버지 사업자금으로 큰돈을 대부해준 것이 잘못되어 사는 집까지 은행에 넘어가고 경제적으로 어려운 시절을 몇 년 보냈다. 은행의 배려로 사는 집은 공짜로 그냥 살았지만 집을 다시 찾기까지 엄마의 고생이 많았다. 이북 출신인 엄마는 생활력이 강하시다. 6·25 때 열다섯 살이었는데 서울서 수원까지 피난 갈 때 재봉틀을 이고 걸어가서 키가 더 못 컸다고 무용담처럼 얘기하시곤 했다.

은행 빚을 갚느라 냉장고와 라디오만 남기고, 텔레비전이나 전축 등의 사치품이라 생각되는 것은 다 팔았는데 우리 백일이나 돌 때 들어온 금붙이도 다 팔고 가구나 그릇 등도 꼭 필요한 것만 있었다. 교복 말고 변변한 옷도 거의 없었으며 피아노 집에 가면 레슨보다 텔레비전 보기에 더 정신이 팔렸다. 다음날 학교에 가서 아이들과 수다 떨 소재가 필요한 나는, 집에 오는 길에 전파상 유리창으로 소리도 안 들리는 드라마와 만화를 한참 서서 보곤 했다.

어려서 엄마랑 따뜻한 아랫목에 이불 덮고 누워 라디오 연속극을 즐겨 들었다. 말솜씨 좋은 엄마의 설명에 내 상상력이 커지지 않았을까 싶다. 부지런한 엄마는 항상 뜨개질로 조끼나 스웨터, 쫄쫄이 바지를 떠서 우리에게 입히고, 처녀 시절 국제복장학원에 다닌 실력으로 세상에 하나뿐인 옷을 만들어 주곤 했다. 나는 쫄쫄이바지와 어딘지 어설픈 엄마의 아마추어 냄새나는 옷도 마음에 안 들었다.

근검절약이 몸에 배어 빈방에 불 켜진 거 보면 난리가 나고 전기 콘센트에 플러그 꽂아 놓으면 35%의 전력 낭비가 있다고 보는 족족 빼놓기 바빴다. 내가 새로 그릇 세트라도 사면 잔소리를 하셨다. 적은 돈을 아껴야 큰돈 모으는 법이라고.

중학교 때까지 연습장 한번 사본 기억이 없다. 신문에 딸려 오는 광고지를 모아 뒷면을 연습장으로 써야 했다. 나도 버릇이 되어 흰 종이가 휴지통에 들어가는 것을 보면 아직도 불안하고 빈방에 불이 켜있으면 불 끄라고 아이들에게 소리 지른다. 절약의 대물림인가,

어려서 싫어했던 엄마의 모습을 닮는 나를 문득 발견할 때는 놀란다.

젊어서 너무 검소했던 엄마는 나이 들면서 놀랍도록 비싼 사치품을 턱턱 사셨는데 아등바등 살아온 것이 억울하다고도 했다. 너는 그렇게 살지 말라고. 자신의 삶이 얼마 남지 않았다고 느껴서 그런가 싶어 마음이 짠하다.

엄마가 오면 온 집안의 물건들이 비로소 제자리를 찾아가고, 마당의 꽃나무들도 말끔히 단장한다. 잠시도 쉬지 않고 손자가 좋아하는 약식과 식혜를 만들고, 사위가 좋아하는 물김치와 밑반찬을 만드셨다. 나이 들으니 귀찮다고 서울에서는 부엌일을 거의 안 하는 엄마가 우리 집에만 오면 앞치마를 잠시도 안 벗고, 종종걸음이시니 안타깝다. "이놈의 애프터서비스는 언제까지 해야 하는지."라면서 자칭 당신은 '국제 파출부'란다. 하지만 수고비를 받기는커녕 우리에게 용돈을 주고 가시곤 했다. 자식들에게 한 푼이라도 신세 지지 않으려 너무 안간힘 쓰셔서 속상하다.

어느 날 엄마가 차고 문을 열고 걸레를 빨고 있는데 동네를 산책하던 저먼 셰퍼드가 갑자기 다가와 물을 먹었단다. 개를 무서워하는 엄마가 화들짝 놀랐는데 개 주인이 나타나 사과하면서 "She is friendly."라고 했는데 엄마가 "Only you."라고 대꾸해 주었다며, "동호야, 할머니 영어 잘하지?"라고 해서 우리를 웃기셨다.

집에만 계시려고 하는 엄마를 하루는 백화점에 모시고 가서 반짝이는 구슬이 박힌 운동화와 꽃 샌들을 사드렸다. "더 늙으면 이런 요란한 거 못 신으니까 그냥 사"라고 망설이는 엄마에게 말하고 보니 말실수했다. 옷도 사드리려고 했는데 피곤하고 다리도 아프다며 집에 가자고 하여 그냥 돌아왔다. 엄마는 항상 나보다 더 빨리 더 잘 걸으셨는데 이제 확실히 늙으셨다.

"엄마, 동수 시집가서 아기 낳으면 엄마가 와서 목욕시켜 줘야 할 텐데, 난 아기 목욕 못 시키잖아."라면서 엄마 부려 먹을 궁리를 얘기하는 데도 좋아하셨다.

엄마랑 시장 봐와서 반찬 만들고 수다 떨며 즐겁게 지내고 있는데 한국에서 노처녀 사촌 동생이 결혼한다는 연락이 와서 이번에도 열흘을 넘기지 못하고 되돌아가셨다. 집안의 큰어른으로서 엄마의 진두지휘가 필요한 터였다.

공항에 도착하니, 백화점에서는 다리 아프다던 엄마가 총알처럼 공항 건물 안으로 뛰어 들어가더니 빈 카트를 밀고 나오셨다. "뭐하러 카트에 돈 쓰냐?" 하신다.

아, 알뜰한 우리 엄마, 못 말린다. 나도 엄마랑 같이 서울 가서 사촌동생 신혼살림 장만에 이 참견 저 참견하고 싶어졌다.

영원한 나의 해결사 엄마, 건강히 오래오래 행복하게 사세요.

내가 진상 손님

    코스트코에서 들러 화장실 휴지, 키친타올, 세제 등 부피 큰 물건들을 사서 차 트렁크에 실으려던 참이었다. 마침 자동차 리모컨이 가방 깊숙이 있어 쉽게 찾을 수가 없었다. 트렁크를 열려고 차 번호판 옆의 고무 스위치를 누르다가 고무가 녹아있는 걸 발견했다. 오래전 차를 처음 샀을 때 열쇠 없이 버튼을 눌러 트렁크를 여는 것이 신기해 몇 번 써보곤 거의 사용하지 않던 것이다. 주로 리모컨을 사용했기에 언제 녹았는지조차 알 수 없었다. 고무가 녹아 흘러 범퍼에 검은 얼룩을 남겨놓은 것도 이제야 알았다. 아무리 햇살 강한 캘리포니아 날씨라지만 부품이 녹아 흘러내린 것은 납득하기 어렵고 기가 막힐 노릇이다.

    집으로 가는 대신 딜러의 서비스 센터로 갔다. 갑자기 나타난 동양인 아줌마가 트렁크 스위치가 녹았으니 바꿔 달라고 떠들어대니 감당이 안 됐는지 사무실에 있던 서비스 매니저를 불러왔다. 나는 흥분하면 목소리가 떨리며 커지는 경향이 있는데, 방금 한 똑같은 말을 매니저에게 다시 하려니 더욱 짜증이 났다. 목소리가 격앙됨을 스스로도 느낄 수 있었다. "진정하세요. 어린애처럼 행동하며 계속 소리를 지르면 도와줄 수 없고, 저는 사무실로 들어가 버리겠습니다."라는 매니저의 말이 무례하게 느껴졌다.

미국에서 근 20년을 살았음에도 영어로 조리 있게 반박 못 하는 내가 부끄러웠다. 아이들이 어렸을 때 "Why are you yelling at me?(엄마 소리 지르지 마세요)"라는 말을 들은 적이 있기에 목소리를 낮추며 미안하다고 했지만, 'KIM'이라고 쓰인 이름표를 보았기에 한국인이면서 끝까지 영어만 쓰는구나 하는 괘씸한 마음이 들었다. 큰누나뻘 되는 영어가 불편한 한인 여인을 도와주지 않다니 서운함마저 들었다.

그는 컴퓨터로 찾아보더니 내 차의 5년 보증기간이 지나서 무상 수리는 불가능함을 강조했다. 하지만 차를 여러 번 자기 딜러에서 산 기록이 있으니, 본사에 알아보고 연락을 주겠다고 했다. 며칠 뒤 부품은 딜러가 부담하고 인건비 200달러를 내라는 답변을 들었다. 부품의 전적인 하자를 인정한다는 뜻인데 200달러를 부담하기가 억울하다는 생각이 들었다.

시간이 약이란 말처럼 며칠 지나니 흥분과 화가 가라앉고 한국인 서비스 매니저 입장이 되어 생각해 보았다. 미국 땅에서 영어를 쓰는 것이 당연하고 같은 한인이라는 이유로 특별대우를 기대하는 것이 잘못된 생각이었을 것이다. 하루에도 얼마나 많은 불만 사항을 가진 손님을 만나겠는가. 그는 일종의 고충 처리반장이 아닌가. 감정노동자로서 감당할 스트레스 양이 어마어마할 것이다. 나도 가발 소매업을 하며 진상 손님을 가끔 만난다. 위생상 이유로 가발은 교환과 환불이 불가능한데 막무가내인 손님을 만나면 피곤하다.

5년 워런티의 원칙에서 벗어나므로 무상서비스가 불가하고 부품을 제공할 테니 인건비를 부담하라는 것이 그로서는 한 발 뒤로 물러서서 양보한 최상이 아니었을까. 상대방의 입장이 되어보면 이해 못 할 일이 없다는 진리를 다시 깨닫는다.

그날 진상 손님으로 비추었을 내 모습을 생각하니 얼굴이 뜨거워진다.

(미주 중앙일보 〈이 아침에〉 2017. 4. 24)

외모관리 해? 말아?

    한국에서 만난 친구들은 하나같이 세월이 비껴간 듯 젊고 예뻤다. 오랜 시간 공들여 가꾼 고운 피부에 잘 정돈된 눈썹과 또렷한 아이라인이 세련된 모습이었다. 젊은 애들이나 가는 줄 알았던 네일숍에서 손톱도 꾸미고 속눈썹 연장을 한 친구도 있었다. 화사한 옷차림에 어울리는 구두며 가방도 우아하고 고급스러웠다. 아이들을 유학 보내고 넘치는 시간을 외모 가꾸고 자기 계발 목적의 취미생활에 쓰는 그녀들이 솔직히 부러웠다.

    겨우 2주일의 짧은 한국방문에도 가게의 물건들을 미리 주문하고 혼자 있을 남편을 위한 옷가지와 반찬 준비로 허둥대던 내가 초라하게 느껴졌다. 나를 위로하고 싶어 피부관리실을 찾았다.

    은은한 사과 향이 나는 그곳은 깔끔한 분위기에 잔잔한 클래식이 흐르고 있었다. "피부 톤은 고우신데 관리를 너무 안 하셨어요. 잡티가 많지만, 관리받으면 금세 좋아지세요. 눈썹이 많이 짝짝인데,

문신하시죠. 티도 안 나고 감쪽같아요. 반영구라 시간이 흐르면 지워지고 약품도 좋아서 부작용 걱정할 필요 없어요. 얼마나 편한데요. 립스틱만 바르면 화장 끝이라니까요." 미모의 피부 관리사는 말이 청산유수다. 거울을 들여다보니 뺨 왼편엔 캘리포니아에 사는 훈장처럼 햇볕에 그을린 자국이 여럿 있고 정리 안 한 눈썹이 보기 싫다. 쌍꺼풀진 동그란 눈에 복코라는 말을 듣는 코는 부모님의 유전자를 원망할 수준은 아닌데, 40대 이후의 얼굴은 본인 책임이라니 나의 무지와 게으름 탓이다.

"얼굴 경락 마사지 받으세요. 혈액 순환 좋아지니까 피부 톤이 맑아져요. 탄력 생겨서 젊어 보이고 얼굴도 작아지죠." 큰 얼굴 콤플렉스로 사진 찍을 때 항상 뒤로 서던 나는 얼굴 작아진다는 말에 "최대한 안 한 것처럼 자연스럽게 해주세요."라면서 경락 마사지 10회를 등록하고 눈썹과 아이라인 문신을 부탁했다.

어느새 쓱쓱 싹싹 칼과 가위로 눈썹을 정리하더니 연필로 눈썹을 그려 보인다. "어때요. 훨씬 깔끔해 보이죠?" 날렵한 갈매기 두 마리가 낯설다.

갑자기, 정말 난데없이 문신을 하고 말았다. 아이도 낳았는데 바늘로 찔리는 거 참을만하겠지 싶었으나 마취했어도 눈물이 찔끔 나올 만큼 아팠다. 하룻밤 자고 일어나니 숯검댕이 순악질 여사의 눈썹에 방금 쌍꺼풀 수술을 받은 양 두 눈이 퉁퉁 부은 모습이 가관이다. 선글라스에 모자까지 쓰면서 거의 변장 수준으로 다니다 보니 눈썹의 딱지는 떨어졌으나, 거울 볼 때마다 낯선 얼굴에 놀란다.

'반영구라니까 언젠가는 지워지겠지.' 혼자서 중얼거린다. 그런데 문제는 눈에 충혈이 생겨 안약을 넣었는데도 낫지 않는 거다. 마취약이 눈에 떨어졌었는데, 그 때문인가. 큰 탈이라도 났으면 어쩌나.

껍데기에 불과한 젊고 예쁜 외모에 연연하다 벌을 받았나 보다. 내면의 성숙이나 지성미를 갖추어 잘 숙성된 와인 같은 자연스러운 외모를 지향해야 할 것을. 그나저나 경락 마사지 10회는 언제 다 채우나, 괜히 샀다.

역지사지를 생각하며

서울방문 중 친구 두 명과 하얏트호텔 인근 이탈리아식당에서 점심을 먹었다. 오랜만이라 장시간 수다를 떨고 싶어 주차에 시간제한이 없다는 이유로 그곳을 정했다.

샐러드, 봉골레 파스타, 피자, 해물리조토를 시켰으나 리조토 대신 해물 파스타가 나왔다. 재료는 다르지만, 파스타를 두 가지나먹어야 한다니, 재미없지 않은가. 리조토를 시켰다고 하니 민망할정도로 눈을 동그랗게 뜨고 자기는 잘못이 없다고 우긴다. 주문한내 친구가 당황하여 "내가 실수로 파스타를 오더했나 봐."라고 해서마무리되었다. 주방에 물어 리조토로 바꾸어 줄 수 있는지 알아보겠다는 대답을 기대했는데, 서비스업 종사자로서 자질이 의심스럽다.식당을 잘 차려 놓고 서빙하는 사람 교육을 이렇게밖에 못 시키나싶어 아쉬웠다. 다행히 음식은 훌륭했고 친구들과 반가운 만남은이 모든 어이없음을 상쇄하고도 남았다.

작년 성탄 때 가족과 갔던 맨해튼비치의 P식당이 생각난다. 주차장이 없어서 길거리에 동전 주차를 해야 하는 곳이다. 그런데 이게 웬 떡인가. 빨간 헝겊으로 덮인 미터기에 '홀리데이 주차 공짜'라는 사인이 붙어있었다. 옐프의 좋은 리뷰 덕에 사람이 몰리는 곳이고 성탄 전야라 몹시 붐볐다.

우리가 주문한 음식 한 가지가 빠지고 디저트가 나왔지만 온 가족이 모여 기분이 좋았고 음식도 맛있어 불평할 생각은 없었다. 그래도 말은 해야겠기에 웨이터를 부르니 매니저가 왔다. 빠진 음식은 실수로 주문이 안 들어갔음을 인정하고 금방 해주겠다는 대답을 한다. 메뉴 설명과 달리 디저트에 '감'이 아닌 '배'가 나온 이유를 물었다. 메뉴 회의에서 '배가 더 좋다는 생각에 재료를 바꾸었으나 메뉴를 못 고쳤다며 사과한다. 영수증을 보니 늦게 나온 음식 하나와 디저트가 공짜다. 라스트네임으로 보아 한인이 분명한 매니저의 호의다. 친절하고 다부진 인상의 그가 한인 청년인 것이 반가웠다.

그는 처음부터 큰 식당을 책임지고 운영하는 매니저는 아니었을 것이다. 힘들고 열악한 모든 조건을 견디며 배우고 익힌 후 지금의 위치에 올랐겠지. 자녀들이 화이트칼라의 번듯한 직장에서 일하기를 바라는 한인 부모님을 설득하고 이해시키기도 쉽지 않았을 텐데, 대견하다.

한국에 머무는 동안 청년실업 문제 뉴스를 귀가 아프게 들었다. 그러나 사업체를 운영하는 친구들은 사람 구하기가 어렵다고 하니 아이러니하다. 특히 정부가 취업준비생에게 월 50만 원씩 6개월 동안 지급하는 '청년 구직활동 지원금' 제도를 시작한 뒤로는 부작용이 크다고 불평한다. 일정 기간 짧게 근무하고 일을 그만두어 지원금을 타는 경우가 많다고 한다. 특히 시급제로 채용되는 경우 신분의 불안함으로 잠시 머물다가는 걸로 인식하고 일을 열심히 안 하는 경우가 다반사라나. 내가 실망했던 한국의 이탈리아식당 서버도 시급제 아르바이트였을까. 서빙 일도 열심히 하다 보면 매니저로 승진도 되고 식당 경험도 쌓아 언젠가는 식당 주인이 될 수도 있을 텐데, 아쉽다.

어찌 보면 별것도 아닌 일로 발끈하며 옹졸하게 굴었나, 주문을 잘못 받으면 음식값을 물어낸다든지 하는 나름의 이유와 사정이 있을지도 모른다. 미국 식당에서의 경험과 비교하면서 서비스 정신이 부족하다, 프로 정신이 없다고만 탓했다. '다른 사람의 모카신 (Moccasin)을 신고 두 달 동안 걸어보지 않고서 그를 판단하지 말라.'는 인디언의 속담이 생각난다.

상대방의 처지에서 생각하고 이해하라는 '역지사지'를 알고는 있지만, 실천은 항상 어렵다.

(미주 중앙일보 〈이 아침에〉 2019. 5. 20)

아직은 희망 있는 세상

　내 소셜 번호와 관련해 의심스러운 점을 발견했다는 사회보장국의 전화를 받았다. 사회보장국은 개인에게 전화를 안 건다는 신문 기사를 읽었기에 보이스피싱으로 생각했다. 그 번호를 블록 시켰으나 끝자리 번호를 바꿔가며 계속 전화가 오니 짜증이 났다.

　새벽부터 모르는 번호의 전화가 울린다. 며칠 전 일이 떠올라 내가 안 받으니, 남편이 받는다. 브루클린에 사는 딸이 남의 전화를 빌려 연락한 거다. 집 근처에서 산책하다가 전화를 날치기당했는데 우리 가족 어카운트 비밀번호가 필요하단다. 중요한 전화라면 음성을 남기거나 문자를 보낼 테니 염려할 일은 아니지만, 이런 급한 일이 생기면 앞으로 어떻게 해야 하나 혼란스럽다.

　수영장에서 가끔 만나는 한의사 Y의 얼굴이 하얗게 질려있다. 사물함에 둔 자동차 열쇠와 셀룰러 폰이 없어졌단다. 문을 확실히 잠그지 않은 그녀의 책임도 있지만 비교적 안전한 동네로 생각했는데 그런 일이 발생하다니 믿어지지 않는다. 혹시나 하며 함께 주차장에 가 보았지만 차가 없다. 차를 훔쳐 가다니 간덩이 큰 진짜 도둑이다.

경찰 신고를 하고 그녀의 남편이 올 때까지 같이 있어 줘서 고맙다며 밥을 사겠다는 그녀의 전화를 받았다. 며칠 뒤 차는 근처에서 찾았지만, 트라우마가 생겨 다시는 헬스클럽에 못 나오겠단다. 차를 운전해 훔쳐 갔으니, 지문이 남았을 텐데 더는 경찰이 범인 검거할 노력은 안 하나 보다. 한정된 경찰력의 한계로 이해했다. 나도 자영업을 하면서 도둑을 맞아 신고해도 소용없던 지난 일이 생각나 쓸쓸했다.

친구가 글렌데일 코스트코에서 쇼핑 후 카트를 제자리에 두려고 잠시 돌아선 순간 도둑이 차 문을 열고 조수석에 둔 핸드백을 훔쳐 갔단다. 차 문을 안 잠근 건 실수지만 누군가 친구를 주시하고 있었다고 생각하니 무섭다. 험한 일이 연달아 내 주변에서 일어나니 인간 내면의 악마성이 느껴져 마음이 무겁다.

수년 전 마켓에서 장을 본 후 카트에 가방을 놓아둔 채 깜박 잊고 집에 돌아온 적이 있었다. 상당한 액수의 현금과 각종 신용카드, 운전면허증까지 잃어버렸나 싶어 골이 아팠다. 화들짝 놀라서 한달음에 달려가니 누군가 주워 마켓에 맡겨놓았다. '역시 미국 사람들은 정직하구나' 하며 감동했는데, 이제 옛날이야기가 되어버렸나.

얼마 전 샌버나디노 피크 하이킹을 다녀왔다. 등산로 입구의 메시지 보드가 분실물 보관소 역할을 하고 있었다. 등산객이 잃어버린 모자, 선글라스, 헤드램프 등을 누군가 주워서 걸어두었다. 양심이 걸려있다. 흐뭇한 광경이다.

　산행 뒤풀이 당번이라 남보다 빨리 내려와야 해서 정상은 일찌감치 포기하고 나 홀로 천천히 걷고 있었다. 처음 보는 등산객이 자기는 여분의 물이 많다며 더운 날씨에 물이 충분히 있는지 묻는다. 그룹에서 뒤처져 혼자 걷는 내가 염려되었나 보다. 산행에 지친 몸과 마음에 엔도르핀을 선사하는 고운 마음이다. 물을 꺼내 마시며 하늘을 보니 뭉게구름이 떠 있다. 서늘한 바람이 불어 땀을 식혀주니 상쾌하다.

(미주 중앙일보 〈이 아침에〉 2019. 8. 14)

오늘도 꿈꾸고 도전한다

친구 B의 전화를 받았다. 주말에는 서로 전화를 피해 왔기에 웬일인가 했다. 울먹이며 말을 잇지 못하는 B의 목소리로 무슨 심각한 일이 일어났음을 짐작했다.

애틀랜타에 사는 친구 S가 자다가 사망했다는 청천벽력의 소식이다. 심근경색으로 일주일간 보조 장치에 의존해 있다가 회생 가망이 없다는 의사의 판단으로 보조 장치 제거 후 숨을 거둔 것이다. 나보다 한 달 먼저 시민권을 따고는 인터뷰 요령을 알려주는 그녀의 전화를 받은 것이 불과 두 달 전인데 이럴 수가 있나. 올해 고등학교 동기 모임을 그녀가 사는 애틀랜타에서 하기로 했는데 작별 인사도 없이 가버렸다. 100세 시대라는 요즘 60세도 되기 전에 가다니, 역시 아무도 장담 못 하는 게 인생이다.

인간은 언젠가 반드시 죽지만 나와는 상관없는 것으로 외면하며 살았다. 친구의 갑작스러운 죽음은 내게 남은 시간이 많지 않을 수도 있다는, 생각을 하게 했다. 오늘 하루를 즐겁고 행복하게 '카르페 디엠' 하며 살자고 마음먹었다. 무엇이든 훗날로 미루지 말고 즐기 자며 산악회 연례행사인 맘모스 크로스컨트리 스키여행에 처음으로 참석했다. 운동신경이 젬병이지만 걸을 수만 있다면 스키를 탈 수 있다는 인터넷정보를 믿기로 했다. 한 시간 그룹 레슨을 받고 실전 에 들어갔다. 이론적으로는 알겠는데 몸이 따라주지 않았다. 특히 내리막에서 가속도가 붙을 때 속도를 줄이는 요령을 터득하기까지 몇 번이나 더 넘어져야 할까, 답이 안 나왔다.

여행지에서의 하루는 평소보다 일찍 시작된다. 아침잠이 많은 나 도 음력 설날 아침 떡만둣국 당번이라 부엌에서 바삐 움직이고 있었 다. 다른 분들은 새로 시작한 〈사랑의 불시착〉 드라마를 틀어놓고 모닝커피를 마시며 여유를 부리고 있었다. 창밖엔 눈 덮인 고산의 경치가 황홀하고 활활 타오르는 벽난로 장작불을 바라볼 수 있으니, 이것이 행복이고 힐링이구나 싶었다.

그때 K 선배님이 연두색 네온 빛깔 조끼를 입고 상기된 표정으로 들어오셨다. 새벽부터 7.5마일 마라톤 연습을 다녀오는 길이란다. 4월에 있을 런던 마라톤을 위한 워밍업 연습이다. 77세 희수를 바 라보는 연세지만 '나이는 진정 숫자에 불과하다'는 말은 그분에게 딱 들어맞는 말이다. 세계 7대륙 최고봉을 최고령의 나이로 완등 해서 기네스북에 등재되고 세계 8대륙 마라톤 그랜드 슬램을 달성 한 전설 같은 분이어서 막연히 특별한 체력을 타고난 분이려니 했 다. 비밀은 부단한 연습의 결과였다. 그분의 수많은 도전과 성공이 거쳐 얻어진 것이 결코 아님을 알았다. "내겐 아직 실패할 수 있는 꿈이 많이 남아 있다."라고 그분의 자서전에서 스스로 밝혔듯이 그 연세에도 꿈을 꾸고 도전하며 꾸준한 연습으로 꿈을 실천하는 모습은 감동이다. 가르침을 주는 선배를 가까이 볼 수 있음에 감사한다.

아들이 친구 Rena Wang 집에 다녀온 소감을 얘기한다. 의대 준비를 하는 리나가 MCAT 시험을 끝내고 대학교 친구들을 초대했단다. 그녀는 미국 대표로 올림픽에 출전했던 배드민턴 선수다. 벽면 가득 붙여둔 생활 계획표가 인상적이었단다. 디지털이 익숙한 밀레니엄 세대인 그녀가 아날로그적인 생활 계획표라니, 뜻밖이다. 아침에 기상해서 15분간 요가, 15분간 침대와 방 정리, 시험공부 등, 분 간격으로 상세하게 계획표를 짜두고 생활한단다. 계획대로 한 것과 하지 못한 것을 체크하여 일주일 단위, 한 달 단위로 일목요연하게 볼 수 있었단다.

아들의 소감을 들으면서 아주 어렸을 때부터 국가대표가 될 때까지 목표를 세우고 성취한 사람은 무언가 달라도 다르구나 싶었다. 주어진 시간을 너무나 당연히 생각하고 느슨하게 허투루 살았다고 생각하니 부끄럽다.

나는 그동안 '카르페 디엠'을 단순히 오늘을 즐기자는 의미로 오해하고 있었다. 오늘 주어진 하루를 충실히 살아 낸 후에야 진정한 '카르페 디엠'을 실천하는 것임을 깨달았다.

(미주 중앙일보 〈이 아침에〉 2020. 2. 06)

당뇨는 '슬픈' 병이다

"안녕하세요. ○○○내과입니다. 최숙희 님의 예약날짜는 06/ 15/ 2022. 10:30 AM입니다. 재진 환자분들은 화상 진료도 가능하오니 연락 주시기 바랍니다."

주치의로부터 정기검진 예약 알림 문자가 왔다.

혈당수치가 제일 걱정이다. 시험을 앞두고 공부를 못한 학생처럼 병원 가기가 두렵다. 나는 끼니는 건너뛰어도 과일을 끊지 못하는 과일 귀신이다. 하루 한 주먹의 과일만 먹으라는 당뇨식 지침을 번번이 지키지 못한다. 그동안 게을리한 운동과 엉터리 식이요법을 반성했다. 학창 시절 벼락치기 공부는 운이 좋으면 효과가 있지만, 몸은 거짓말을 안 할 것이다. 며칠 조심한다고 혈당수치가 내려갈 리 없겠지만, 어쨌든 예약을 뒤로 미루었다.

남의 큰 상처보다 제 손톱 밑 가시가 쓰리고 아프듯이 당뇨 판정을 받고 암이라도 생긴 듯 충격이 컸다. 당뇨, 혈압, 아무것도 없으신 부모님께 좋은 유전자를 물려받았으나 아이들에게 당뇨 가족력을 물려주게 되었다. 무절제하게 살아온 삶을 들키나 싶어 주변에 알리지도 못했다. 남편은 B형 간염 보균자로 독한 간염약을 먹는다. 다른 약을 추가하기 싫다며 체중을 줄이고 초인적인 노력으로 경계선상의 당뇨, 혈압, 고지혈증을 모두 정상범위로 바꾸었다. 누구보다 남편에게 부끄러웠다.

당뇨는 완치가 없고 평생 관리해야 하는 질병으로 합병증이 무섭지만, 식이요법 없이 약으로 조절할 수 있다고 착각했다. 아니 알면서도 먹는 즐거움 포기가 힘들어 무시했다. 한 알 먹던 약을 두 알 먹으니, 정신이 번쩍 들고 이제 더는 미룰 수 없게 되었다.

즐길 수 있는 운동으로 건강을 지키는 것이 가장 현명할 터이다. 할 줄 아는 운동이 수영과 걷기밖에 없으니 우선 동네 공원 걷기부터 시작했다. 알아보니 집 주변에 바닷바람 쐬면서 즐길 수 있는 경치 좋은 트레일이 많다. 일주일에 5일, 하루 만 보 이상 걷기를 목표로 했다. 서로 긍정의 에너지를 줄 수 있는 친구들을 찾았다. 나이 먹어가며 쌓인 삶의 지혜도 나누고 우여곡절 많았던 이민살이 에피소드도 쏟아낸다. 저 혼자 큰 듯 무심한 아이들에 대해 서운함을 수다로 풀다 보면 당뇨에 제일 해롭다는 스트레스도 해소된다. 못 고치는 병은 없고 습관만 있다지. 당뇨 덕분에 매일 친구들을 만나며 찐우정도 쌓는다.

내가 좋아하는 크리스피 크림 도넛 회사의 광고를 보았다. 상상을 초월하는 비싼 유가(가주는 갤런당 6달러를 훌쩍 넘었다)와 인플레로 고통받는 서민들을 위해 매주 수요일 12개 도넛을 전국 가스 평균값에 매치시켜 $5.01에 판단. 탄수화물을 제한하느라 기울였던 노력이 한순간 허사가 될 뻔했다. 쌉쌀한 커피와 곁들여 먹으면 최고인 쫄깃한 식감의 달콤한 도넛을 눈으로만 먹어야 하니, 당뇨는 슬픈 병이다.

내가 먹은 것이 지금의 내 몸을 만들었고 움직이기 싫어하는 습관이 당뇨를 주었다. 하지만 당뇨가 오히려 전화위복이 되어 건강한 식습관과 운동을 통해 더 건강하게 살 수도 있다는 통계도 있다니 위로가 된다. 건강을 위해 최선을 다하는 것이 내 가족을 위한 사랑의 실천, 오늘도 운동화 줄을 질끈 매고 집을 나선다.

(미주 중앙일보 〈이 아침에〉 2022. 6. 28.)

혼기가 꽉 찬 딸을 보며

아줌마, 아저씨, 샌프란시스코 결혼식에 와주셔서 감사합니다. We hope you had a great time. Thank you for your generous wedding gift. We had an amazing honeymoon in Italy. 샌프란시스코를 곧 다시 방문해 주세요! 감사합니다.

최근 결혼한 친구 딸 부부가 감사 카드를 보내왔다. 서투른 한글 손편지에 나도 모르게 빙그레 웃음이 나왔다. 내 딸보다 두 살 위인 친구의 딸은 데이팅 앱으로 훌륭한 남편을 찾아 결혼에 성공했다. 갖가지 사기로 개인정보를 빼내는 무서운 세상이어서 온라인으로 연인을 찾는 서비스가 낯설고 겁도 나지만 요즘 젊은이들에겐 흔한 일인가 보다. 코로나로 재택근무를 하며 이성을 만날 기회가 점점 줄어드니 데이팅 앱을 이용하는 것이 보편화되었다 한다.

어느새 혼기가 꽉 찬 내 딸의 생일을 편안한 마음으로 축하하기가 어렵다. '나이를 먹을수록 괜찮은 사람을 만나 결혼할 수 있는 확률이 낮아질 텐데' '쾌활하고 사교적인 것과는 거리가 멀어 이성 친구도 없는 딸이 일에만 파묻혀 살다가 본의 아니게 취미가 일이 되는 거 아냐?' 하고 걱정이 앞선다.

누구를 소개받으라 하면 고개를 절레절레 흔들기만 하니 갑갑하다. 가만히 있으면 감이 떨어지지 않는다는 사실을 얼른 깨닫고 데이팅 앱이던 주위 인맥을 동원하여 소개팅을 받던 어떤 노력이라도 했으면 좋겠다. 내가 딸을 낳은 90년대 초만 해도 남초현상으로 나중에 남편감 찾기가 쉽다고 들었는데, 딸이 사는 뉴욕은 결혼 적령기의 남성이 부족하다니 무슨 일인지 모르겠다.

결혼 전 동거로 상대를 잘 알아보고 미리 맞춰본 후 결혼하는 젊은 커플이 늘어나는지 내 주변에도 종종 눈에 띈다. 결혼 초기의 높은 이혼율을 생각하면 합리적이란 생각도 들지만, 평생을 같이 산다고 한들 상대방의 마음을 알 수 있을까. 배우자란 서로의 부족한 면을 채워주고 믿고 의지하는 관계인데 단점이 보인다고 금방 헤어지는 요즘 젊은 커플을 이해하기 어렵다.

딸 가진 친구들과 대화에서 평균 결혼 연령이 늦어지니 난자 냉동을 심각히 고려해야 한다는 화제가 나왔다. 어떤 회사는 30세 이상 여직원이 원하면 재정 보조도 해준다고 들었다. 여성이 만 35세가 넘으면 난자의 질이 떨어져 임신 확률이 줄고 만혼이 사회적 분위기로 자리 잡으면서 난자 보관이 대안으로 떠올랐다. 당장 아이를 가질 생각은 없지만, 난임과 노산 등에 대비해 보험을 드는 것이다.

남의 얘기가 아닌 내 딸의 당면과제라 생각하니 가슴이 벌렁거린다.

　내 젊은 날에는 상상조차 할 수 없는 일들이 트렌드로 자리 잡아 간다. 어지러울 정도로 세상의 변화 속도가 빠르다. 유교 문화에서 성장한 부모 세대로서는 거슬리는 점이 많지만, 그들이 어떤 삶을 택하든 응원하고 도와주는 것이 부모의 몫일 것이다. 자녀를 다 출가시킨 친구들을 보면 부럽다. 나는 언제나 숙제를 다 끝낸 개운한 마음을 가질 수 있을까.

(미주 중앙일보 〈이 아침에〉 2023. 8. 10)

슬기로운 은퇴 생활

출근을 안 하니 그날이 그날이다. 에스프레소 커피 머신의 단추를 누르는 대신 커피를 천천히 내려 마신다. 나른하고 여유로운 은퇴자의 아침이다. 졸음이 채 가시지 않은 머릿속을 카페인이 깨운다. 조기 은퇴하면 빨리 늙는다고 하지만, 지금까지 나는 만족스럽다.

결혼 후 처음으로 밥벌이에서 벗어나니 홀가분하다고나 할까. 어느 구름 속에 비가 있을지 아무도 모르는, 그것이 인생이다. 100세 시대라고 하지만 건강에 자신이 없는 나는 60세에 은퇴를 결정했다. 그동안 미뤄둔 가족, 친구들과 의미 있고 재미있는 시간을 함께하고 싶다. 몸이 찌뿌둥해서 다시 침대 속으로 기어들어 갈 자유가 있으니 좋다. 아무도 시비 걸지 않는다. 그동안 열심히 일했으니, 자유를 누릴 자격이 있다고 혼잣말을 한다.

내버려 두었던 뒷마당 돌보기는 은퇴 후 생긴 나의 첫 취미이다.

우리 부부가 감당할 만한 크기의 작은 마당이다. 나무가 몇 그루 안 돼서 새롭게 돋아난 몇 개의 연둣빛 이파리도 놓치지 않는다. 아침이슬을 머금은 장미꽃과 눈을 맞추고 오래전 내 아이에게 했듯 코를 비빈다. 보드라운 꽃잎과 은은한 향기는 감동이다. 20여 년 전 심은 작은 장미 나무는 여러 가지를 거느리고 매일매일 예쁜 꽃을 선사한다. 싱그러운 나무 잎새와 앙증맞은 꽃 사이로 작은 벌새가 빨리 날아다닌다. 햇빛 아래 한두 시간 나무 전지를 하고 잡초를 제거하다 보면 한나절이 후딱 지나간다. 말수 적은 남편과 마당 일을 할 때 나누는 대화, 노동 후 숙면과 비타민D의 합성은 덤이다.

삶을 풍요롭게 하는 취미로 어떤 게 있을까 궁리하다가 우선 일주일에 한 번 가는 그림 교실을 택했다. 잡념을 떨쳐버리고 몰입할 수 있는 잔잔하고 평화로운 시간이다. 한 작품 할 때마다 성취감도 생긴다. 초보자라 빨리 인정받고 싶은 의욕만 앞서니 어떤 것은 이발소 그림이다. 꾸준히 하다 보면 잘할 수 있겠지.

하루와 요일별 일정을 짠다. 아무것도 안 하면 도태되는 것 같아 하루 한 가지 활동을 하려고 노력한다. 일종의 강박증이다. 틈나는 대로 미술관, 음악회, 영화관을 가고 하다못해 동네 바닷가 산책이라도 한다. 출렁이는 파란 바닷물이 바위에 부딪히며 하얀 거품으로 부서지는 절경이 가까이 있음은 분명 행운이다. 암만해도 덜렁대는 나보다 꼼꼼한 당신이 나중에 죽는 게 낫겠다며 남편에게 음식 만들기를 가르치기도 한다. 하루 세 끼 역할 분담이 저절로 이루어진다.

작은 집에서 온종일 부딪치는 시간이 많아서 그런지 남편 행동

하나하나가 다 눈에 거슬린다. 전화기로 장시간 유튜브 들여다보는 모습도 성가시고 침대까지 가져와 내 취향이 아닌 유튜브 볼륨을 높일 때는 얼른 다른 방으로 옮겨가고 싶다. 남편이 가장 짜증스럽게 느껴질 때가 언제냐는 질문에 '내 눈에 뜨일 때'라는 글을 보고 웃은 적 있는데 남의 얘기가 아니다. 모아둔 돈 까먹는 건 금방이라고 곶감 빼먹는 심정인지 외식할 때도 가성비를 먼저 따지는 남편은 밉상이다.

34년 결혼생활을 무를 수도 없으니 삐걱거리는 바퀴에 기름칠하는 기분으로 맞춰가며 살아야겠지. 각방 생활 대신 취향에 맞는 유튜브를 한 침대에서 들을 수 있게 AirPods를 주문했다. 부부에게 찾아온 위기를 피하며 슬기로운 은퇴 생활이 되길 희망한다.

(미주 중앙일보 〈이 아침에〉 2023. 9. 06)

비즈니스를 닫으며

가게의 리스 기간이 얼마 안 남자 재계약 여부를 묻는 건물주의 편지를 받았다. 재계약을 하게 된다면 앞으로 10년이 묶인다. 소비 성향이 점점 온라인으로 이동하고, 월마트, 타겟 등 대형업체와의 경쟁도 점점 힘에 부쳤다. 불경기로 비즈니스를 인수할 사람을 찾기가 어려웠다. 권리금을 주고 산 비즈니스를 되팔지 못하고 빈손으로 나가야 하니 억울했다. 하지만 20여 년이 넘도록 생활비와 아이들 교육비를 벌었으니, 그만두어도 크게 가슴 아플 일은 아니라고 스스로 위로했다. 아이들도 제 앞가림은 하고 곧 연금도 나오니 가게를 접기로 결심했다.

세월은 손가락 사이로 빠져나가는 모래와 같다. 짧은 봄날처럼 후딱 날아갔다. 코로나 동안 친정아버지를 포함, 지인 몇 분이 돌아가셨다. 이슬처럼 허망하게 사라질 수 있는 게 인생이란 생각에 정신이 번쩍 들었다. 이민 가장의 부담감으로 변변한 취미생활이나 장거리 여행도 제대로 못 해본 남편에 대해 미안함도 컸다. 애틋한 사랑보다는 씩씩한 동지애로 같은 길을 가는 길동무 같은 남편, 훨훨 날아가게 날개를 달아주고 싶었다.

아마존에서 '폐업 세일' 플래카드를 주문해서 달고 대대적인 할인 행사를 했다. 팔다 남는 물품은 자선 단체에 기부해야지 생각했는데, 마침 비영리단체를 운영한다는 아가씨 둘이 와서 트럭으로 실어 갔다. 일을 덜었다.

문제는 인테리어를 원상복구 시키는 일이다. 선반과 디스플레이장을 다 떼어내고 공간을 모두 비워야 한다. 중고 집기를 사 가는 업체에 연락하니 요즘 불경기로 폐업하는 곳이 많아서 일부만 사 갈 수 있다고 한다. 그것도 말도 안 될 정도의 싼값을 부른다. 집기를 떼어내고 쓰레기 처리까지 해주는 철거업체에 알아보니 비용도 상당했다. 아는 플러머의 도움으로 며칠에 걸쳐 간신히 원상복구를 시켰다.

어느새 킨더 가든을 다니는 Paisley의 할머니가 은퇴 준비가 되었냐고 물으며 적은 액수의 돈봉투를 건네준다. 그녀가 버스 운전할 때 만났는데 이제는 버스회사 슈퍼바이저가 되었다. 그녀의 딸이 페이즐리를 임신하고 아기 아빠가 사라졌을 때, 아기는 '가정의 축복'이라며 기도 부탁을 하여 더욱 가까워진 친구 같은 손님이다. 오랜 단골들은 서운하다며 감사 카드와 꽃, 화분을 가져오는가 하면 케이크와 쿠키를 구워오는 사람도 있다. 본인도 넉넉한 형편이 아닐 터인데 돈이 부족한 사람의 계산을 항상 도와주던 목사님도 자신의 교회에 광고해서 많은 손님을 보내주었다. 이렇게 마음 착한 사람들을 떠난다고 생각하니 눈물이 핑 돈다. 큰돈은 못 벌었지만, 좋은 이웃들도 사귀고 큰 사고 없이 지나온 세월이 감사하다.

20여 년을 하던 비즈니스를 닫으니 시원섭섭하다. 힘들었지만 잘 버티고 견뎌왔어, 그동안 열심히 일했으니 휴식할 충분한 자격이 있다며 몇 군데 여행을 다녀왔다. 여행이란 가기 전에 계획 짜느라 설레고 집에 돌아와선 더 좋다더니 정말 그러하다. 아이들이 떠난 빈 둥지에서 집돌이 집순이가 되어 같이 시장 봐서 밥해 먹고 마치 신혼 초 둘이 소꿉놀이하는 것 같다. 남편에게 한마디도 안 지고 말대꾸해서 뺀질이라고 불린 적도 있지만 나는 말랑말랑한 아내가 되기로 속으로 다짐했다.

(미주 중앙일보 〈이 아침에〉 2024. 1. 21)

결국 남는 건 부부뿐인데

학교와 직장으로 떨어져 사는 아이들이 집에 오는 연말연시가 되면 우리 부부는 기대와 설렘으로 분주해진다.

애들이 가려고나 할까 하면서 신문의 여행사 광고를 기웃거리고, 어디 가서 뭘 먹을까 하며 맛집 검색을 한다. 그래도 집밥을 먹여야지, 하며 식단을 짜고 식료품을 사서 나르니 냉장고가 터지기 일보 직전이다. 각종 성인병에 몸을 사리느라 생선과 푸성귀 위주로 살다가 갈비찜을 하고 전유어와 빈대떡을 부치니 부엌은 오랜만에 고소한 기름 냄새가 진동한다.

겨우 열흘 남짓인 시간을 알차게 보내고 싶어 짧은 여행, 등산, 미술관, 영화관, 외식 등 가족끼리 시간을 보낼 수 있는 여러 가지 계획을 짠다. 그러나 집에 오는 날까지 기말고사가 있어 며칠 밤을 잘 못 잤다는 아들, 항공료를 아끼려 밤 비행기를 타서 새벽에 도착한 딸은 일단 자고 싶단다. 물가 비싼 뉴욕에서 직장 생활하는 딸의 빠듯한 형편을 생각해서 아무것도 사 오지 말랬더니 헐, 진짜 빈손으로 왔다. 달기만 하고 값만 비싼 유명 제과점의 과자와 초콜릿을 몇 년간 계속 사 오기에 한 소리였는데, 서운했다. 어머닝날이라고 보내는 꽃다발에는 아무 소리 말아야겠다.

남편은 하루라도 허투루 보내지 않으려 아이들 도착 첫날부터 영화를 보자 했다. 공통으로 안 본 영화를 찾다 보니 『오리엔트 특급 살인사건』이다. 고단한 아이들은 꾸벅꾸벅 고개를 떨어뜨리며 졸고 영어가 안 들리는 우리도 지루하니 눈꺼풀이 무겁다. 깜박 졸다가 화들짝 놀라 깨어보니 온 식구가 다 자고 있는 진풍경이다.

이민 초기 자리 잡느라 아이들 어릴 때 시간을 같이 못 한 것이 아쉬워 이제 시간을 같이하려 하지만 성인이 된 아이들은 그런 부모의 마음을 모른다. 대여섯 시간씩 비행기 타고 집에 왔으니 어디 멀리 가는 것은 싫다 하고 가족보다 친구가 소중한 나이라 우리에게는 자투리 시간만 배당될 뿐이다. 5년 자취생활의 내공인지 딸은 음식을 잘한다. 레시피를 정확히 따르니 맛도 모양도 훌륭하다. '가까이 살면서 맛있는 것도 자주 해 먹으면 얼마나 좋아.'라며 직장을 LA로 옮길 수 없냐는 내 제안에 잔소리꾼 엄마랑은 같이 살기 싫다고 한다.

"같은 집에서 매일 얼굴 맞대고 사는 것은 나도 사양이야. 네가 흘리고 다니는 머리카락 줍느라 허리 아파."

아내와 남편으로의 역할보다는 엄마, 아빠의 역할에 몰두하여 아이들을 키우는 파트너로만 살다가 아이들이 떠나니 적막감과 상실감을 감당하기 힘들다. 그날이 그날처럼 재미없다. 이제 아이들은 더는 품 안의 자식이 아니고 자기 역할을 충분히 하고 있는데 언제까지 자식 바라기로 살 것인가. 오래도록 서로 아끼고 위하며 지켜줄 사람은 배우자밖에 없는데 부부끼리 재미있게 사는 법을 궁리해 보련다. 같이 즐겁게 몰입할 수 있는 취미와 봉사활동으로 홀가분하게 인생 2막을 시작하며 삶에 활기를 불어넣어야겠다.

그런데 남편은 건강염려증으로 먹는 것을 사사건건 간섭하고 저녁 식사 후 소파에 앉아 TV라도 보려면 설거지 자기가 할 테니 얼른 운동 다녀오라고 재우친다. 30년을 살았는데 아직도 포기 못 하고 자기 의사대로 나를 고치려 하는 남편, 나를 위한 잔소리인 줄 알지만 같은 말을 계속 반복하니 다음 레퍼토리를 외울 정도이고 지겹다. 다음 단계로의 이동은 항상 어렵다.

(미주 중앙일보 〈이 아침에〉 2018. 1. 30)

최숙희 수필집

다친 달팽이를
보게 되거든